中华

ZHONGHUA HUN

魂

百部爱国故事丛书

铁流两万五千里

——红军长征的故事

赵 维 刘 杰 编著

吉林人民出版社

图书在版编目（CIP）数据

铁流两万五千里：红军长征的故事 / 赵维，刘杰编
著 . --长春：吉林人民出版社，2011.3（2021.8 重印）
（中华魂·百部爱国故事丛书）
ISBN 978-7-206-07508-7

Ⅰ.①铁… Ⅱ.①赵… ②刘… Ⅲ.①革命故事—中
国—当代 Ⅳ.①I247.8

中国版本图书馆 CIP 数据核字 (2011) 第 032570 号

铁流两万五千里
——红军长征的故事
TIELIU LIANGWAN WUQIANLI
——HONGJUN CHANGZHENG DE GUSHI

编　著:赵维 刘杰
责任编辑:田子佳　　　　封面设计:孙浩瀚
制　作:吉林人民出版社图文设计印务中心
吉林人民出版社出版 发行（长春市人民大街7548号 邮政编码:130022）
印　刷:北京一鑫印务有限责任公司
开　本:787mm×1092mm　　1/16
印　张:8　　　　字　数:64千字
标准书号:ISBN 978-7-206-07508-7
版　次:2011年3月第1版　　印　次:2021年8月第2次印刷
定　价:35.00元

如发现印装质量问题,影响阅读,请与出版社联系调换。

总　序

　　《中华魂》是一套故事丛书。它汇集了我国自鸦片战争以来一百八十余年间的近百位民族英雄、仁人志士、革命领袖、先进模范人物的生动感人事迹，表现了他们作为中华儿女的伟大的爱国主义精神。

　　爱国主义是人们对于"生于斯、长于斯、衣食于斯"的祖国的一种神圣感情，是人们对于自己民族的一种强烈的责任感和使命感，是感召和激励整个中华民族的一面永不褪色的旗帜。在一百多年的中国近现代史上，爱国主义一直激励着中华儿女为祖国的独立、统一、进步和繁荣而英勇奋斗。从"苟利国家生死以，岂因祸福避趋之"的林则徐，到"我自横刀向天笑，去留肝胆两昆仑"的谭嗣同；从"铁肩担道义，妙手著文章"的李大钊，到"青春换得江山壮，碧血染将天地红"的赵一曼；从"县委书记的好榜样"的焦裕禄，到"问鼎长天，扬我国威"的邓稼先……都表现出了强烈的爱国主义精神。正是由于热爱祖国的人们前仆后继地奋斗，国家和民族才得以生存，才能够在一次次历史危急关头转危为安，走向兴盛和富强，从而屹立于世界民族之林。爱国主义是鼓舞中华儿女历经忧患、跨越沧桑、百折不挠、自强不息的伟大力量，它贯穿于中华民族的整个历史，并有力地凝聚着五洲四海的中国人。

爱国主义是一个历史的范畴，在社会发展的不同阶段、不同时期有不同的具体内容。革命时期，需要我们为祖国的独立自主出生入死；建设时期，需要我们为祖国的繁荣富强增砖添瓦。在全国各族人民团结一心，开启全面建设社会主义现代化国家新征程的今天,我们要争做一名新时期的爱国者。新时期的爱国者要有强烈的民族自尊心、自豪感。民族自尊心、自豪感是任何时期、任何爱国者都必须具备的情感。民族自尊心能增强我们自立向上的恒心,民族自豪感能树立我们建设祖国的信心。要树立"祖国高于一切"的崇高信念,为了祖国和人民的利益不惜抛却个人的利益,甚至不惜牺牲个人的生命。我们要树立终身学习的理念,拓宽自己的知识面,广泛吸收新知识、新技术,完善自身的知识结构,更新学习知识的方法与理念,从思想上、知识上充分武装自己,为祖国的繁荣昌盛贡献力量。

爱国主义思想的继承和发扬,是关系到民族盛衰、国家兴亡的根本问题。爱国主义思想情操的形成,需要不断地培养。培养爱国主义精神的一个重要途径是向英雄人物和典范事迹学习和致敬。这套丛书的出版,对于青少年向英雄和先进人物学习,特别是对于在中小学生中进行爱国主义教育是不可多得的生动的教材。祝愿此书出版发行成功,为培养时代新人做出贡献。

胡维革

中华

魂

百部爱国故事丛书

红军不怕远征难，

万水千山只等闲。

五岭逶迤腾细浪，

乌蒙磅礴走泥丸。

金沙水拍云崖暖，

大渡桥横铁索寒。

更喜岷山千里雪，

三军过后尽开颜。

——毛泽东

目　录

中华魂 百部爱国故事丛书
ZHONGHUA HUN

1934 年 10 月，由于第五次反"围剿"的失败，中央红军主力不得不离开经过浴血奋战开辟的中央革命根据地，实行战略转移。红军分别从江西瑞金、于都和福建长汀、宁化出发，向西突围，开始了长征。为了保存革命的火种，为了继续共产主义的宏伟大业，英勇的红军战士战胜了军事上、政治上和自然界的无数艰难险阻，行程二万五千里，终于在 1935 年 10 月到达陕北革命根据地，和陕北红军胜利会师。这是人类军事史上一次史诗般的壮举。在长征途中涌现出无数可歌可泣的动人故事，流传至今，一直为人们所称颂。

中国工农红军长征路线图

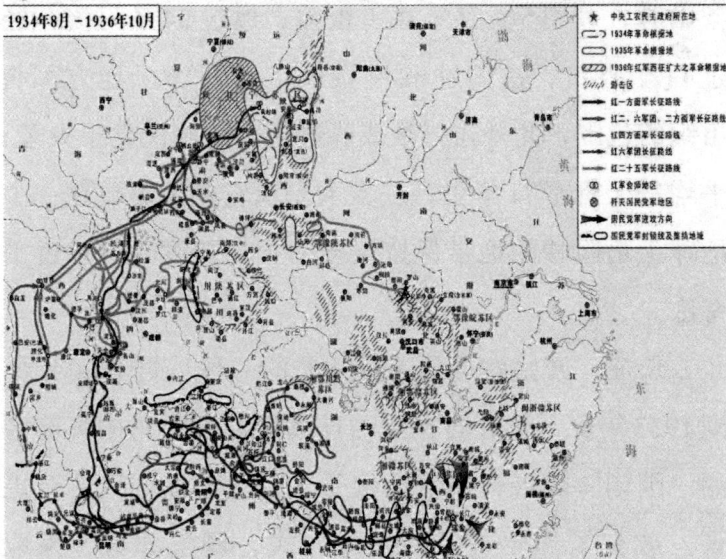

铁流两万五千里

——红军长征的故事

长征中最惨烈的湘江战役

从 1934 年 10 月 16 日，红军在江西渡过于都河，直至 1936 年 10 月红军三大主力胜利会师，中国工农红军从江西到陕北，历时两年整，行程上万里，其间经过无数次激烈的战斗。几乎平均每天就有一次遭遇战，路上行军一共 368 天，余下来的 100 天大多都在战斗中度过。据美国著名记者斯诺统计：红军一共爬过了 18 条山脉，其中 5 条终年冰雪覆盖；渡过 24 条河流；经过 11 个省份；占领过 62 座城市；突破 10 个地方军阀组织的包围，此外还打败或躲过追击的国民党中央军。平均每天行军 71 华里，一支大军及它的辎重要在一个地球上最险峻的地带保持这样的平均速度，可说近乎奇迹。

长征一开始就遇到了最残酷的一仗。自 1930 年冬到 1933 年夏，蒋介石在江西连续发动四次对中央苏区的"围剿"均告失败。他接受了过去的教训，改弦更张，放弃了长驱直入的作战方式，调整部署，采取

"稳扎狠打，步步为营，修碉筑路，逐步推进"的办法，企图构成包围圈，断绝苏区物资来源，迫使红军进行阵地战来比力量拼消耗。对红军来说，屡战屡败的蒋介石这点伎俩其实算不了什么。只可惜此时红军已失去了以毛泽东为首的正确领导，被王明等"左"倾机会主义者所把持，红军最终被逼上了远征的道路。

1933年9月下旬，蒋介石调集了百万军队和两百余架飞机，对红军各根据地发动了第五次"围剿"。他任命顾祝同为北路军总司令，以陈诚为北路军前敌总指挥，率领第三、第六两路军由北向南进攻苏区；同时以重金收买陈济棠为南路军总司令，出兵两个军封锁江西、广东边境。以所谓政治围攻、文化围攻、经济围攻、交通围攻，配合百万兵力的军事围攻。

铁流两万五千里

——红军长征的故事

　　红军由于受王明"左"倾机会主义路线的影响，放弃了最拿手的机动灵活的战术，与敌人打阵地战，只能局促回旋于堡垒之间，造成被动之势。而国民党军队依靠兵力优势，五里一推，十里一进，给苏区增加了不少的困难。陈诚、薛岳部逐渐占领了广昌、兴国等地，迫使红军退至白水、头陂构筑工事。蒋介石看到红军采取打正规战和他拼火力，越发起劲了。他又调来重炮兵到江西配合他的10个纵队近三十个师兵力加紧进攻，9月底，又攻占了宁都等地，红军遭受了重大损失。

　　1933年10月中旬，中央红军主力第1、3、5、8、9军团，连同后方机关共八万六千余人分别从福建长汀、宁化和江西瑞金、于都等地被迫开始突围长征。其中红1军团19880人，红3军团17805人，红5军团12168人，红8军团10922人，红9军团11538人。此外，还有两个独立纵队：军委纵队4695人，中央纵队9853人。经过二十多天的激烈战斗，红军先后突破了敌人的三道封锁线。这时蒋介石已判明红军西进的企图，于11月20日任命湖南军阀何键为"追剿"军总司令，指挥25个师的兵力，分五路追剿红军，同时令贵州"剿共"总指挥王家烈派出主力部队到湘黔边界堵截，企图将红军"歼灭于湘江、漓水以东地区"，并手谕前线各部队："力求全歼，毋容匪寇再度生根"。红军长征一开始就遇到了长征中最残酷的一仗：湘江战役。

1933年12月3日，中央红军主力渡过湘江，进入西延地区。脚山铺至界首间湘江两岸被湘、桂军控制。此间，红3军团第6师第18团在由新圩向湘江撤退中，被桂军分割包围大部分牺牲。在新圩、脚山铺、光华铺阻击战的同时，担任红军总后卫的红5军团，在永安关、水车一带阻击"追剿军"第3路的追击，掩护中央、军委纵队及红军主力渡过湘江。该军团第34师被阻于湘江东岸，转战于灌阳、道县一带，虽经英勇战斗，予敌重大杀伤，终因寡不敌众，弹尽粮绝，包括师长陈树湘在内的绝大多数指战员牺牲。

湘江战役旧址

湘江战役，中央红军经过英勇奋战，突破了国民党军第四道封锁线，挫败了蒋介石企图歼灭红军于湘江以东的计划。但此役也是中央红军长征中损失最大的一次。连同前三次突破封锁线的损失（包括作战斗减员），中央红军渡过湘江后长征开始时的8.6万余人锐减为3万余人。

贵州小镇手搓谷

1934年12月，中央红军长征到达了贵州。一天，夜幕降临，百鸟归林，部队宿营在一个小县城。这个小县城平常寂静，很难见到人影，许多居民的房子里没有光亮，连鸡狗的叫声也很稀少。

炊事班的战士们背包一放下，就挑着箩筐采购食物。他们走东街串西巷，见着有灯光的房子就敲敲门，可是老百姓一看见他们就急忙把门关上，再也不肯打开。结果炊事员们一点粮食也没弄到。这到底是怎么一回事呢？原来国民党造谣说红军是"红匪"，烧杀抢掠，无恶不作。当地许多居民在国民党的欺骗和威逼下带着粮和生活用品到深山里去了，即使有留下来的，一见到红军也就赶紧躲藏起来。

好在红军有前卫部队，他们个个都是钢铸铁打的汉子，每次都走在前面，不但扫清了红军前进的道路，而且获得了很多情报和物资。这一次也不例外，他们千方百计地搞到了一些粮食，炊事员们可有米下锅了。当他们兴高采烈地到供给部领取时，却都傻了眼。原来领到的不是米，而是没有脱壳的稻谷，这可怎么办？于是，大家又不得不去找脱米的工具，但令人失望的是，什么水磨呀，石臼呀，一样也没找到。难道这里的群众都是吃谷的吗？不是，这些脱米的工具能搬的都收藏起来，不能搬的都破坏了。敌人企图用这种方法来饿死、困死红军。

大家眼巴巴地望着稻谷不能脱粒成米，心里又气又急，总不能把谷子放到锅里煮着吃呀！本来已经行军了一天的战士，见早餐无望了，"饱吃不如饿困"，都把裤带勒紧，索性倒头睡觉。炊事班的战士们见了这种情况，心里很不好受，急得团团转。

这件事很快被周恩来副主席知道了，便立即召集干部们开了个会。在听取大家发言之后，周副主席用坚定的语气对大家说："一定不能让同志们饿肚子，我们要想办法让大家吃上饭！没有工具磨稻谷，就动员大家用石头、用瓦片搓，就是用手也要把米搓出来！"

周副主席这一席话，把大家的心里说得顿时亮堂起来，人们纷纷议论开了："对，红军没有克服不了的

铁流两万五千里
——红军长征的故事

困难，我们没有磨米工具，但还有石头、瓦片、我们还有这一双手呢！"一位同志高高举起自己紧握的双拳坚定地说。

"对！众人拾柴火焰高，大家齐动手，一定能克服这个困难！"又一位同志用长长的胳膊在空中画了个大大的弧。

大家情绪高涨起来，一致决定：人人动手，每个干部战士都要搓出够吃三顿的米来！散会后，战士们都到炊事班领取了稻谷，又到外面拾来石头、瓦片，紧张地搓起来。顿时，在营房内外，呼起了"叽咔，叽咔"的搓谷声，汇成了一支艰苦奋斗、自力更生的乐曲。

周副主席也从外面捡了两块瓦片，并且亲自去领了稻谷，坐在一个小凳子上，"叽咔、叽咔"地搓了起来。他左手在上、右手在下，既省力又均匀，一下一下地搓着，搓着，只见那黄黄的谷壳慢慢地脱去了，露出了白白的米粒。接着，他又用脸盆装着，站起来看了看风向，轻轻地簸动了几下后，又轻轻地吹去了糠皮，把白米装进碗里……

周副主席那样认真地、不停地搓谷，早被他的警卫员小魏发现了，小魏看见首长搓好了一碗又搓一碗，便走到周副主席面前抢着装稻谷的盆子说："首长，您不要搓了，我们保证按组织规定，搓够每人吃三顿的米。"

周副主席头也没抬，一边搓一边反问道："为什么？"

小魏觉得满有道理地说："您是首长，时间宝贵，还有更重要的工作！"

"正因为我是首长，才更应当搓哩。"说着，周副主席抬头看了看小魏为难的样子，换了比较温和的口气说："我提出让大家动手搓米，自己怎么能不搓呢？在我们红军队伍里，战士们能吃苦，干部就更应该能吃苦！"

一席语重心长的话，使小魏默默无言，他一声也没吭，走回自己的位置，拿起瓦片又埋头搓着，仿佛手上的劲又大了许多。

在周副主席的号召和领导下，部队的每个指战员都投入了搓谷的战斗，从街头到街尾，从场外到屋内，到处都响起了搓稻谷的声音。有瓦片对瓦片搓的，有石头对石头搓的，还有的干脆直接用手掌搓。

高个战士大吴，少年时曾经给地主当过长工，每天起早贪黑地干活，双手磨出了厚厚的硬茧。平时，如果他用手拍谁一下，谁就疼得直咧嘴。可现在，在他那长满厚茧的双手上已经磨起了好几个血泡。自己的任务完成了，又帮别人搓。大家都劝他休息，他只是头也不抬地拼命搓，快速地搓着，搓着……

突然，"呀！"的一声传来，大家不禁抬头一看，原来是大吴身边的一个战士由于用力过急过猛，两块石头硬是把手掌挤掉一大块皮，滴滴鲜血淌在了米碗里，将雪白的米浸成了一片红色。年轻的女卫生员赶紧跑过来给他包扎，边包扎边心疼地掉眼泪。大家都去抢他的稻谷，不让他搓了，可他仍执拗地用受伤的手搓着，搓着，偶尔还不时冲大家咧咧嘴，发出带有疼痛的笑声……

远处，除了偶尔传来几声狗叫，在这寂静的小县城里就是战士们的搓谷声了，这"叽咔，叽咔"的声音在小城的上空激荡着，回响着，仿佛赞叹着红军战士不畏艰难困苦的精神……

经过两个多小时的紧张劳动，每个人都超额完成了任务，解决了当前最紧迫的吃饭问题。

大家看着自己搓出来的稻谷，心里有说不出的高兴，都感到甜滋滋的。有一个爱好文艺的小战士还把搓稻谷的瓦片当竹板儿敲起来，边敲边顺口编出一段快板：

打竹板呀搓稻谷，

叽咔叽咔受鼓舞。

搓得敌人干气鼓，

搓得红军好威武！

你问战士苦不苦？

"不苦！"全体战士异口同声地回答！

可爱的红军战士就是以这种不怕苦的、乐观的精神度过了一个个难关。

歃血结盟过大凉

1935年春天，中央红军强渡天险金沙江之后，以风驰电掣之势继续北上，路上攻占了西昌、冕宁等地。企图对红军进行阻拦的四川军阀部队，一触即溃，望风披靡。

然而，摆在红军面前的任务还是十分艰巨的。当时尾追红军的国民党军队，已经进至金沙江一线，而前头截击的国民党军队，则正向大渡河急进。红军如果不能迅速抢占大渡河，势必被迫向西转入更为艰苦困难的川康交界地区。因此，当时红军必须排除一切困难，迅速抢渡天险大渡河。为了执行这个艰巨的任务，党中央决定派红一师一团为先遣队，由刘伯承、聂荣臻同志率领，迅速抢占大渡河边的安顺场渡口，以便掩护中央红军主力渡河。

而从冕宁到大渡河，中间则隔着大凉山地区。在这个地区居住着中国西南部一个少数民族——彝族。当时的彝族还是一个处在奴隶社会的落后的民族。他们骁勇善战，性情强悍，部落之间常常因为奴隶主互相争夺土地、奴隶、牲畜而引起械斗。汉族狡黠、奸诈的商人经常利用彝族人民的朴实诚恳，对他们进行欺诈和剥削。国民党军阀则经常对他们"剿讨"和抢掠。这一切，都引起了彝族人民对汉人的猜疑和敌视，埋下了仇恨的种子。他们特别讨厌汉人的"官兵"入境。显然，在当时的情况下，要使他们很快地了解红军是什么样的军队，而使红军顺利地通过这个地区不是一件容易的事情。

可是，为了争取时间，红军又必须经过大凉山，借道彝民区。红军赖以克服这个困难的唯一武器，就是党的民族政策。红军只能对彝民采取说服的办法，争取和平通过。

红军一到这个地区，就派先遣部队调查彝民的风俗习惯，在部队中普遍进行党的民族政策的教育。又请到一位通司(翻译)，准备和彝民的首领进行谈判。

一切准备妥当之后，先遣队于5月22日早晨进入彝民区。一路上只见山峰高耸入云，道路蜿蜒崎岖，山谷中林木葱茏，荆棘丛生，地面上淤积着腐烂的叶子厚达数寸。山涧之上往往只有一根独木桥，一不小心就会掉进山涧里，十分危险。浓云低垂，时而白雾茫茫，时而细雨霏霏，使人有一种湿气弥漫的感觉。境内有"孔明寨"，相传三国时候西蜀诸葛亮"七擒孟获"的战场就在这里。

东汉末年，权势纷争。汉皇叔刘备率军西进四川，建立蜀国，和曹操、孙权形成了魏蜀吴三国鼎立的局面。诸葛亮是蜀国的宰相，为了巩固西蜀大业，他率军同周围不断骚扰蜀国境地的少数民族进行了多次战争，曾七擒七纵彝族首领孟获，使孟获心服口服，归顺了蜀国。从此，彝汉两族人民在这里和平共处。"孔明寨"就是蜀军后营的旧址。

今天，红军又来到了"孔明寨"。先遣部队刚刚进入这个地区，突然四周传出一阵阵呐喊声。这时从山下山上，千百成群的彝民们挥舞着土枪、长矛、大刀、棍棒，出没于山林之中，企图阻止红军前进。红军不得不缩短行军距离，以防突然袭击。部队戒备着继续前进。

这时，后面突然发生了情况。原来跟在队伍后面的工兵连，由于携带的是架桥器材和其他用具，而没

铁流两万五千里

——红军长征的故事

有武器装备，刚刚落到主力后面两百多米，彝民们就蜂拥而上，把这部分红军战士包围起来，抢夺他们手中的工具。红军战士眼睁睁看着自己手中的器材被夺走，不觉眼睛都红了。有一个小战士性子一起，要举起手中的木棍朝一个彝民打去，突然他身边的一位战友死死地拽住了他。这位战友急切地说："不许胡来，这是我们的同胞，而不是敌人！"就这样，瞬间的工夫，工兵们手中的架桥器材被一抢而光。而此刻，刚刚前进到彝民境内三十多里的前卫部队也遭到人群的拦截。他们喧嚷着、喊叫着，很难听懂他们说的是什么。不过从他们的手势和面部激动的表情上能够看出：再要强行通过，就要引起冲突了。

正在混乱得不可开交之际，前面山谷入口的地方，扬起一阵烟尘，几匹骡马直驰而来。为首一匹黑骡子上，是一个高大的彝人，年纪大约五十多岁，面皮微褶，神情严肃、庄重，身穿藏蓝色的麻布衣。他的到来，使喧闹的人群稍微安静了一些。原来这人是此地彝民首领小叶丹的四叔。

有了头人，便好说话，解决问题的时机到了。红军干部通过通司和小叶丹的四叔谈话，告诉他，红军是替受压迫的人打天下的，这次来到这个地方，并不想打扰彝民同胞，只是想借道北上。同时，又根据彝族人十分重视"义气"的特点，告诉他红军的司令刘伯承亲自率领大批人马北征，路过此地，愿意与彝民的首领结为兄弟。

乍一听红军干部的话，小叶丹的四叔还是将信将疑。可是，当他环顾四周，看到红军纪律严明，并不像国民党官兵烧杀抢掠的时候，便对红军的话深信不疑了。特别是当听到率领大军的刘伯承司令愿意与彝民首领结为兄弟时，更是高兴。为了表示信誉，红军把一只手枪和几支步枪赠送给他，他也把骑的那匹黑骡子送给了红军。

谈判顺利成功了。当先遣部队把这个消息报告给刘伯承、聂荣臻同志时，他们正是在为能够借路而又不引起冲突的事情苦思良策，焦虑万分。一听到这个消息，都喜出望外。刘伯承同志当即手在空中猛地一挥："我去结盟！"毫不犹豫地跨上战马。为了团结少数民族同胞，为了红军主力的顺利通过，他准备担任这拜盟的主角。

刘伯承同志策马来到部队的前头，会见小叶丹。小叶丹和其他几位彝民首领身背长刀，全身披挂站在彝民阵脚的前面。当他得到这位身上没有携带任何武器的红军首长就是刘伯承司令员时，急忙将自己身后的彝民喝退，同时把背上的长刀摘下，丢给侍从，紧

刘伯承与小叶丹歃血为盟（雕塑）

走几步，单腿跪地，双手抱拳，说到："小叶丹在此恭候刘司令！"刘伯承同志急忙跳下马来，趋身扶起小叶丹说："首领大人，我们红军今日来此，并无他意，只是想借贵方宝地北上抗日。等我们打败了日本鬼子和一切反动派之后，一定帮助彝民兄弟解除外来的压迫，建设美好的生活！"

结盟仪式在横断山脉的一个小山谷间，谷林子附近的海子边上举行。海子里的水清澈如镜，倒映着浓密的树林。春风吹起层层微波，拍打着岸边的岩石，像是为这可纪念的盟誓唱着赞歌。

仪式非常简单。面前放着两碗清清的湖水，一只雄赳赳的大公鸡。小叶丹手持一把短刀，往公鸡颈部轻轻一抹，顿时一股鲜血滴到了碗里，清水霎时变得殷红，刘伯承和小叶丹叔侄虔诚地并排跪下。

不用香，不用烛，面对着蔚蓝的天空和清澈的湖水，主宰这个盟誓的是兄弟民族团结的赤诚！

刘伯承高高举起滴过鸡血的大碗，大声地发出誓言："上有天，下有地……刘伯承愿与小叶丹结为兄弟……"他说完最后一句时，便把鸡血一饮而尽。小叶丹叔侄也立即把"盟酒"饮完，结盟的仪式便告结束。

夕阳的余辉映红了海子里的水，海子边上呈现的是友爱、团结的气氛。虽然暮春傍晚的大凉山还是冷风瑟瑟，凉意袭袭，然而人们的心中却是温暖的。

即使红军继续前进，也不能在当天走出彝民区，先遣部队决定返回30里处，在汉族地区的大桥宿营。小叶丹叔侄也被热烈地迎到红军的宿营地来。彝族人善于喝酒，先遣司令部把驻村所有的酒全部买来，这些酒量如海的客人也不过微微的有些醉意罢了。

第二天，小叶丹于清晨先行返回，他的四叔引导红军入境。歃酒结盟的消息早已经迅速传开，凭着头

铁流两万五千里
——红军长征的故事

一天亲身的经历，彝民们已经相信红军司令与他们的首领结盟是真诚的，红军是不会侵害他们的。他们已不像昨天那样猜疑和拦阻了，只是成群结队地站在路旁，好奇地仔细地看着红军的队伍，浩浩荡荡，向北而去。红军纪律严明，秋毫不犯。

当红军快要走出彝民区时，由于紧急行军，有时战士开始口干舌燥，显出焦渴的神情。可是战士们仍是步伐整齐地向前奔走着，没有掉队的。突然，一位在路边站着的中年彝民妇女，飞快地跑回家去，拎来一大桶清水，并带着几个大碗，一碗一碗地给战士们递水。起初，战士们还竭力推托，可是这位妇女嘴里"哇啦，哇啦"地说着什么，而且脸上显出急切的神态。通司告诉战士们，她是说："孩子们，喝一点吧，好孩子，喝一点吧，你们还有很远的路要赶呢！"红军战士被感动了，恭恭敬敬地接过碗，喝过之后，深深地一鞠躬，"谢谢您，谢谢您！"说完，又跑步赶队伍去了。在这位中年妇女的带动下，越来越多的人带来了水，有的甚至拿来了鞋子，干粮，场面越来越感人了。

就这样，经过近百里的强行军之后，几万人的中央红军顺利地走出彝民地区，并且和彝族人民结下了深厚的情谊。

借路彝民区，穿越大凉山，为红军飞夺泸定桥、强渡大渡河，争取了时间，这是长征史上关键的一步。

历尽艰辛夺泸定

1935年5月25日，为了牵制敌人，中央红军第一师第一团作为先遣部队经过"十八勇士"的飞舟强渡，在安顺场渡过了大渡河。这里水流湍急，不能架桥，渡口只有几只小船，往返一次需要10多分钟。因此，数万人的红军主力部队要从这里全部渡过大渡河，需

飞夺泸定桥发生于1935年5月29日，红4团第2连连长廖大珠等数十名突击队员，沿着枪林弹雨和火墙密布的铁索夺下桥头，并与左岸部队合围占领了泸定城。中央红军主力随后从泸定桥上越过天险，粉碎了蒋介石歼灭红军大渡河以南的企图。

要花费很长时间。这时，蒋介石正命令四川军阀杨赤等部坚堵大渡河，并命令薛岳、周浑元部衔尾猛追，想让红军成为第二个石达开。

石达开是太平天国时期著名的反清将领。他从洪秀全那里分裂出来之后，带兵西进四川，到达了大渡河岸。这时，因为石夫人生了儿子——小王爷，部队休息了3天，这给追击他的清兵一个机会，使清兵集中兵力来对付他。清兵在他的后方进行迅速包抄，断绝了他的退路，将他牢牢围困在安顺场。等到石达开发觉自己错误的时候，已经太晚了。因为安顺场位于山谷之中，周围环山，只有一条路通往大渡河的渡口。石达开想要突破敌人的包围，但是无法在狭隘的峡谷地带用兵，终于被清军消灭了。

今天，中央红军领导人深知蒋介石的阴险用意，所以决不能重蹈石达开的覆辙，决定迅速渡过大渡河。几万大军要过大渡河，必须火速夺下泸定桥。以肖华同志为团长的红二师红四团在这紧急的情况下，接受了抢夺泸定桥的艰巨任务。

5月27日，红四团作为左路军前卫，在已渡过大渡河的红一师右路的策应下，从安顺场出发，沿大渡河西岸，奔向泸定桥。全程320里，命令中规定3天赶到。路，是一条窄窄的羊肠小路，忽起忽伏，蜿蜒曲折。左边是高入云霄刀削一样的峭壁，山腰上是终年不化的积雪，银光耀眼，寒气袭人；右边是深达数丈，波涛汹涌的大渡河，稍不小心就有掉下去的危险。但是红军战士并没有被这险峻的地势吓住，心中只有一个想法：加速前进，拿下泸定桥！

大约走了三十多里的光景，遇上了敌人，为了避免伤亡，尽量不与敌人发生正面冲突。因而只得绕路爬山，绕出十多里，花费了不少时间。再往前走了约六十里，前面隆起一座大山。这山有几百米高，树木丛生，荆棘遍布。红军战士不时用双手剥开浓密的树枝，用刀砍开环环缠绕的藤蔓。翻过大山后，几乎人人满脸道道红印，腿上、胳膊上斑斑血痕。过了大山是一条小河，桥已被敌人毁掉了。河道虽然不宽，但很深，最浅的地方也没了胸部。红军战士将弹药、枪支高高举过头顶，毫不犹豫地涉足下水。刚刚被划过的伤口，一沾水真是钻心的疼痛。红军战士哪里顾得上这些。

过了河继续爬山。这座山像一块直耸云霄的巨石，中间只有一条小路，陡得像座天梯，仰头向上看，连帽子都要掉下来；在山顶和隘口，敌人修筑了碉堡，有兵把守；右边靠河，无处可绕；左边是凌空而立的悬崖，崖臂上稀稀落落地长着一些小树、藤蔓和杂草，崖顶连接着更高的山峰。经过仔细侦察，正面和右边无论如何也冲不上去，只有从左面的悬崖可以抄到敌人的侧背，从敌人的屁股后面袭取这个隘口。

于是，几个勇猛的战士迅速组成了突击小组，沿着峭壁向上攀登。他们手抓藤蔓，脚踩岩缝，还要躲闪敌人疯狂袭来的子弹。突然一个战士中弹了，他手一松，从高高的悬崖半腰跌落下来，嘴唇微微动了几下，便口吐鲜血牺牲了。又一个战士爬了上去。这个小战士眼看爬到山顶上，突然手抓的藤蔓"咔嚓"一声断了，脚下岩石承受不住，连人带石头一起滚落，又牺牲了一位战士。看见一个个牺牲的战友，同志们眼睛都红了，踏着战友的足迹，他们一个个继续攀登。不久，从敌人的背后，传来了激烈的枪声。很快，隘口夺下了，红军前进的速度更快了。

5月28日，红四团比原来规定的时间提前开饭，凌晨5点钟就出发了。才走了几里地，军委又传来命令：限红四团于29日夺下泸定桥！

29日就是第二天！从这里到泸定桥还有240里，也就是说两天的路战士们必须一天走完。谁也没料到任务会变得这么紧急。240里路成了大难题。路，是要人走的，少走一步都不行啊！而且要突破敌人的重重阻击。但这是关系到全军命运的大任务，困难再大，也一定要坚决执行，不容许一分钟，一秒钟的迟疑。

泸定桥那里本来有敌人两个团把守，现在又有两个旅正向泸定桥增援。其中一部沿河东岸北上，跟红四团齐头并进。如果红四团比敌人早到泸定桥，胜利就有希望，不然，要想通过泸定桥就很困难，甚至不可能了。红四团要和敌人抢时间，要和敌人赛跑，必须在明天6时前赶到泸定桥！

红四团出发了！那真是火速行军。队伍像一阵风一样卷来，又像一阵风一样刮过去。"坚决完成任务，拿下泸定桥"的口号声此伏彼起。队伍前进的速度越来越快。

在行军纵队中，忽然一簇人凑拢在一起，刚散开，接着出现更多的人群，他们一面跑，一面在激动地说着什么。这是连队的支部和党小组，一边行军，一边开会。时间逼得同志们不可能停下来开会，必须在急行军中讨论怎样完成党的任务了。到傍晚7点，红四团赶到大渡河岸一个约有十多户人家的村子，从这里到泸定桥还有110里。

困难一个接一个地来了。天不由人，突然大雨倾盆，电闪雷鸣，天黑得伸手不见五指。部队一天没有吃上饭，肚子饿得实在难以支持；道路泥泞，更是走不快，牲口、行李都跟不上。困难越来越严重。但红

023

铁流两万五千里

红军长征的故事

军没有被困难吓倒,他们每个人准备了一个拐杖,走不动了就扶着拐杖走;来不及做饭了,大家就嚼生米、喝凉水充饥。哪怕前面有刀山火海,他们都决心要闯过去!

然而,在这伸手不见五指的黑夜里,怎能走完这泥泞的110里路呢?

忽然,对岸山坳上出现了几点火光,刹那间变成一长串火炬,是敌人在点着火把赶路。敌人的火把给了红军启示:"我们也点着火把走路。但是,敌我只一河之隔,如果敌人向我们联络,暴露了我们是红军,跟我们干起来,如何是好?

"事到万难须放胆",红军决定利用这两天被消灭和打垮的敌人的番号伪装自己,欺骗敌人。于是红四团领导命令战士们将全村老乡的篱笆全部买下,每个人绑一个火把,一班点一个,不许浪费。争取每小时走十里以上,并布置缴获的敌人的联络暗号,准备在必要时间同敌人"联络",敌方的士兵大多是四川人,红军也派出四川籍的同志和刚捉来的俘虏,准备回答敌人的问话。

部队兴高采烈地高举火把向前挺进。两岸敌我的火把,交相辉映,远远望去,像两条飞舞的火龙,把大渡河的水映得通红……后来雨下得更大了,到深夜几点，对岸的那条火龙不见了，他们大概是怕苦不走了。这一情况立刻传遍全团，同志们纷纷议论着：抓紧机会快走，一个跟着一个拼命地向前赶路！

倾盆大雨冲打着战士，山洪从峰顶直泻大渡河，本来已经难走的羊肠小道，此刻被雨水冲洗得像浇上了一层油，滑得实在厉害。拐杖也不灵了，一不留神就来个倒栽葱，真说得上是三步一摔，五步一跌，队伍简直是在滚进。就是在这样的情况下，还是不断有人打瞌睡。有个小战士，走着走着突然站住了，他的队友仔细一看，原来睡着了。后面的人赶紧推他："快走啊，前面的走远了！"他这才恍然惊醒，又赶快跟了上去。后来，大家干脆解下绑腿，一条一条地接起来，前后拉着走。

经过整夜的急行军，红四团在第二天早晨6点多

红军飞夺泸定桥

钟胜利地赶到了泸定桥。这一天，除了打仗、架桥外整整赶了240里路，真是飞毛腿啊！

泸定桥真是个险要所在。就连那些逢山开路，遇水搭桥，见关夺关的红军战士，都不禁要倒吸一口凉气。往下看，褐红色的流水像瀑布一样从上游山峡间倾泻下来，冲击着河底参差耸立的乱石，激溅起一丈多高的白色浪花。流水声震耳欲聋，在这样的河里，就是一条大船，也休想停留片刻，徒涉、船渡都是完全不可能的。再看看桥吧，既不是木桥，也不是石桥，而是一条铁索桥。从东岸到西岸扯了13根用粗铁环一个套一个连成的长铁索，每根有普通的饭碗粗。两边各两根，做成侧栏，底下并排9根，作为桥面。原来桥面上横铺着木板，现在大部分木板已被敌人拆下搬到城里去了，只剩下悬着的铁索。在桥头的一块石碑上刻着两行诗句："泸定桥边万重山，高耸入云千里长。"

此刻，红四团的战士们经过日夜的急行军，比敌人提前到达了这千难万险的泸定桥！机不可失，必须在敌人援军到达之前占领泸定桥！于是，再一次征求志愿人员。红军战士一个个争先恐后，甘愿冒生命危险。最后选了30人，他们身背毛瑟枪和手榴弹，很快就爬到高悬在沸腾河水上面的铁索桥上去了，紧紧抓住铁索，一步一抓地前进。对面敌人的子弹不断地射向慢慢爬行前进的红军战士。第一个战士中弹了，掉到了下面的激流中，接着又有第二个、第三个。但是，更多的战士爬上来……川军从来没有见过这样的战士。他们是人，还是神？敌人开始胆怯了。有一个红军战士到了对面的桥板上，接着又有人冲上来了。敌人慌忙把煤油倒在剩下的木板上，木板熊熊燃烧起来，但是一个个战士滚着从火球冲向敌军。经过两个多小时的激战，红四团牢牢地控制了泸定桥！

不久，刘伯承、聂荣臻同志率大军上来了。刘伯承同志手扶铁索桥栏，俯视大渡河的激流，感慨地说："泸定桥啊，泸定桥！我们为你花费了多少精力，付出多少代价啊！现在我们胜利了！1935年6月1日，即飞夺泸定桥的第三天，毛泽东主席和周副主席、朱德总司令率领中央机关来到了泸定桥，千军万马从这英雄的泸定桥上渡过了天险大渡河！

红四团历经千辛万苦，冲破艰难险阻，为红军主力渡过大渡河，铺设了通途！

邛崃山脉红军魂

红军飞夺泸定桥，渡过大渡河之后，进入了川西。这里，敌人的碉堡体系还没有完成，主动权基本操在红军自己的手里。但是，红军前进道路上的困难更加严重了，他们遇到了征途中的更大的障碍——大雪山。这里描述的是跟随周恩来长征的老红军战士魏国禄所经历的一个动个人的故事。

红军飞越激浪淘天的大渡河之后，又巧妙地甩开了尾随的敌人，以迅雷不及掩耳之势来到了长征途中的第一座大雪山——夹金山脚下。

夹金山属于邛崃山脉，高居于四川宝兴之北，懋功之南，海拔四五千米。放眼望去，雪山耸立，不见云天，皑皑积雪，银光耀眼。当地百姓有种传说，称它是座"神山"，有许多"怪"地方，连鸟也飞不过去。

红军一到这里，就到当地的百姓家去拜访，听取爬大雪山的经验。

当地群众告诉红军：上山下山有七八十里路，要通过雪山必须在上午9时以后，下午3时之前；山上大雪纷飞，寒气袭人，必须多穿衣服，喝些白酒、辣椒汤来暖和身体；山高路陡，雪深路滑，手上必须拿根拐棍；爬雪山时，必须走"之"字形，这样不易滑下来，也省力气。

曾经有个好心的白胡子老汉，神秘地翘起指头对红军战士说："你们在爬山的时候，千万不要大声讲话，更不要有意喧闹，就是累了也不要讲累，不要讲难爬呀，山高呀，雪大呀！否则，山神就会发怒，卷起奇风怪雪，把人抛下山坞！"

红军战士听了这话，都暗暗发笑，但大家还是认为，老人的话虽然有迷信色彩，却提供了很重要的情况：雪山确实又高又陡，不可大意。

按群众的说法，要多穿衣服，这根本无法办到，棉衣早在云南途中天气炎热的时候就送给了穷苦百姓，现在战士穿的都是单衣；要喝白酒，这也办不到，因为这一带人烟稀少，而且都是穷苦百姓，哪有那么多白酒卖？唯一能办到的就是木棍，在当地群众的大力协助下，每个人很快就找到了一根拐杖。

一切准备就序之后，红军队伍浩浩荡荡地沿着小路向大雪山挺进了。

在红军队伍中，大部分是南方人。他们从来没有见过这样的高山，更没见过这样的大雪。一开始都很兴奋，东瞧瞧，西望望，觉得又新奇又有趣。谁知越往上爬地势越陡，风雪也越来越大，刺骨的寒风卷着铜钱般的雪片儿在空中狂飞乱舞。身穿单衣的红军战士不停地颤抖，脸上、手上、身上如同针扎似的难受。

就在这艰难的时刻，突然传来嘹亮的歌声：

　　　　　　　"哎呀嘞——

　　　　　　　大雾围山山重山啰,

　　　　　　　红军队伍过雪山。

　　　　　　　千难万险都不怕呀,

　　　　　　　同志哥——

　　　　　　　为了抗日救中华。"

　　大家抬头一望,是文艺兵小战士赵兴国。他生在兴国,唱兴国歌是他的拿手好戏。歌声刚落,战士们就齐声要求再唱。这时小赵的兴国同乡加入过来,唱起了对歌:

　　　　　　　"哎呀嘞——

　　　　　　　六月里来天气热呀,

　　　　　　　夹金山上飘白雪。

　　　　　　　天不怕来地不怕哟,

　　　　　　　同志哥——

　　　　　　　千难万险踩脚下。"

　　高亢、动听的兴国山歌,把战士们的思绪带回到赣南根据地的斗争岁月。他们一边爬山,口里也禁不住跟着唱了起来:

"哎呀嘞——

　　山歌要唱俺红军，

　　红军战士真英勇。

　　浩浩荡荡过雪山呀，

　　同志哥——

　　红军英名天下扬。"

　　……

　　在赵兴国的带领下，合唱的战士越来越多，歌声越来越嘹亮，在对面山上激起了回音，在山谷里产生了共鸣，在大雪山上空久久回响，盖过了狂风呼啸声。

　　越往上走，山势越陡，雪道几乎要笔直地立起来了。由于队伍拉得很长，所以抬头看，头顶上有人，低眼瞅脚底下也有人。路越来越难走，一不小心就有滑下去的危险。

　　这时，一位贵州籍的同志，由于年岁大，身体又弱，越来越喘，越走越吃力了。身边的战友去抢他的背包，可他说什么也不肯，还是艰难地支撑着身子前进。空气越来越稀薄了，每个人的胸口好像压着千斤重石透不过气来，走几步就喘半天。那位贵州籍的同志连往前爬的劲都没有了，不得已坐下来。旁边的战士赶忙抢到他的身旁，伸出手说："同志！再坚持一会儿，过了雪山就是胜利！在这里，说什么也不能停啊""我自己还能走！"他轻轻地推开同伴伸过来援助的手，激动地说了一句，又摇摇晃晃地站起来，向前走了数步。突然，他身子向前一倾，趴下了。当他的同伴再次扶起他时，只见他微微地张了张嘴，什么也没说出来，就闭上了眼睛。一个同志牺牲了。随着高度的增加，又有的同志倒下了。

战士们踏着战友的足迹艰难地向前爬着。那个唱山歌的小战士赵兴国也不能唱歌了。他脸色泛红，口里喘着粗气，右手拄着拐杖，左手按着膝盖奋力地向上攀登着。山坞里不时传来积雪的轰隆隆的崩塌声。突然，小战士身边驮物资的马一失足，滚到山坞里消失了。望着那消失了的战马，小战士眼里充满了悲哀，而他只能继续前行。

快要接近山顶了。可越靠近山顶，就有更多的人倒下，更多的马匹滚到山涧里，小战士赵兴国再也爬不动了，他脸色紫胀，嘴里的气息越来越急促了。突然，他猛地挺直了身子，慢慢地转过身来，望着那些继续向上艰难地爬行着的战友，望着那些随时倒下的同志，望着那白茫茫的大雪山，他头仰苍天，用尽全身力气，喊了一声："大雪山啊！"然后身子向后一仰，直挺挺地倒在了山坡上。他头朝山顶，面对天空，眼睛睁得大大的，圆圆的……

好多同志眼睁睁地看着这个小战士倒下了，不禁痛哭失声。几位战友不顾生命危险，跪下身来，用双手捧来一捧积雪盖在了小战士身上，将他掩埋起来。

下午两点左右，有的战士先爬到了山顶。他们一到山顶，首先做的就是将一面鲜艳的红旗高高地插在了山峰上。后面的同志仰头望着山峰上在大雪中飘扬的红旗，身上顿时增添了无尽的力量。

有的战士到达山顶之后，就跌跌撞撞地奔向那旗帜，激动得泪流满面，嘴里一声声地说着："我们胜利了！我们胜利了！"

可是战士们哪里知道后面还有更大的困难等着他。这雪山真是座"怪山"，气候多变。刚上山时，大雪弥漫，一时浓一时淡，觉得好像腾云驾雾一般。到半山腰时，山风卷起的鹅毛大雪，漫天飞舞，铺天盖地。这时，突然又从东边飞起一团黑云，随着刮起了怪叫的狂风。这团黑云越来越大，几乎把所有的山顶都罩在浓重的云海之中。暴风卷着积雪，简直要把人埋住。罕见的暴风越刮越凶，雪越下越大，什么也看不见，什么也听不清了。气温骤然下降了许多。本来衣衫就很单薄的战士，现在更冷了。一开始还是上牙打下牙的哆嗦，现在简直要冻僵了。

指挥员赶紧叫战士们打开被子，披在身上。被子被风吹起来，像船上的帆篷，拖得战士们来回晃。战士们几个人相互搀扶着，一步一步地向山下移动。

狂风暴雪持续了两个多小时，天慢慢地放晴了。这时大家环顾四周，不禁惊呆了。原来，许多气血不旺的南方战士，由于不习惯高山气候，再加上这骤然降临的暴风雪，已倒在雪地里了。他们的身体已被大雪覆盖了。临近山顶的地方，躺着一具具战士们的遗体。这是翻越大雪山死伤最多的一次。

天空越来越晴，强烈的阳光照在白雪上，反射出刺眼的强光，使得战士们双眼难睁。战士们都用手蒙住眼睛，只留着指间一条缝看路，一不小心就摔跤，甚至有掉到山坞里去的危险。

一位小战士脚没站稳，身子突然一滑，向山下溜去，一溜就是几丈远，把大家吓出一身冷汗。正在大家为他担心的时候，他却在下面大声喊道："来，溜下来吧！没想到他这一招却给人们下山找到了一个好办法。碰到安全的地方，战士们就干脆坐在地上，顺着坡滑下去，这既安全又迅速，缩短了下山的时间。

等战士们到达山下站起身来时，你看我，我看你，衣服扯成了布条；胳膊上、屁股上都蹭出了血道子，风一吹，刀割一样地疼痛。

这个办法对人还好说，可对牲畜则难了。高大的牲畜驮着笨重的物资，前蹄一打滑，就连带着东西一起滚到山下，从此就再难站起来。

傍晚，经过艰苦的行军，这支红军队伍全部到达山下。夕阳斜照着这座被征服的大雪山，泛出悠悠的光芒。战士们感慨万端：大雪山啊，大雪山！你吞噬了多少亲爱的战友，你埋葬了多少红军的英灵啊！

翻越邛崃山脉的夹金山，是红军长征途中最大的自然障碍之一。毛泽东曾对《西行漫记》的作者斯诺说："在这个山峰上，有一个军团死掉了三分之二的驮畜。成百成千的战士倒下去就没有再起来。"

茫茫草地"苦"流芳

邛崃山脉山连山，岭叠岭，足有千里之长，而且都是风雪封盖。但英勇无畏的中国工农红军终于征服了一座座大雪山，于1935年7月下旬进入了四川西北的毛儿盖地区。在这里，红军停下来进行休整，筹备干粮编草鞋，为下一个目标过草地做好一切准备。

草地和大雪山一样是个气候变化无常的地区。有时天空万里无云，烈日晒得脸上火辣辣地疼；有时阴云密布，疾风暴雨猛烈袭来，一刹时就像到了严寒的冬天。这里渺无人烟，甚至连飞鸟也绝迹。大草地上表面长满了齐腰深的水草，起伏不平，一脚踩上去时，草团根就像小船似的摇晃，而黑油油的污水马上就会淹过脚面，要是一不小心陷入泥潭，那就再也爬不出来了。

而经历过千山万水考验的工农红军要战胜的就是这茫茫的大草地。

部队过大草地，首先面临的就是吃饭问题。老红军李文清一谈起长征，那些往事就历历在目。

他们在开始进入草地的时候，规定每日三餐，每餐一平碗青稞，这已经很少了。后来，又决定每人每天只准吃两平碗青稞。这点粮食根本填不饱肚子，常常是走不到20里地，肚子就"叽里咕噜"闹起来，饿得人两眼发黑头发晕，走起路止不住摇摇晃晃。

随着继续深入草地，粮食的困难越来越严重地威胁着每个人的生命。记得刚出发时，每人只能带半个月左右的粮食(每人每天按三四两计算)。现在，剩下的青稞粒粒可数。部队早就挖野菜掺着青稞吃了，野菜可以暂时地充饥。

有一天傍晚，部队宿营以后，大家燃起篝火，把一路采来的野菜放在锅里熬汤喝。就在这时，才发现小战士李生开不见了。同志们都以为小李饿得走不动掉队了，就马上派人去寻找。

其实小李并没有掉队，虽然他年龄还不到二十岁，个头矮小，但贫困的家庭生活使他从小就练就了一双硬脚板，一般说是不会掉队的。那么他到哪里去了呢？

这时，从旁边草丛里传来"喔——哇"的呕吐声。大家循声一看，只见李生开正蹲在地上呕吐。因为呕吐得厉害，眼泪都憋出来了。他断断续续地说："野菜太苦，吃下去头晕脑胀，全身无力，老是拉肚子！"说到这里，又"哇"地一声呕吐了，嘴角冒着白沫。

同志们赶紧走过去扶住他，看了看他吐出来的青水，又看了看他苍白带紫的脸色，蓦地明白了："是野菜中毒了！"

茫茫的大草地上，生长着无数的野草，有能吃的，也有不能吃的。但是红军在那种情况下很难鉴别啊！

值得庆幸的是小李身体好，这样一吐，毒汁消除了许多，再经过医生治疗，不久就没事了。从此以后，大家再采野菜时，都要仔细地鉴别。

即便如此，也不免吃上有毒的青菜。毒量轻的会使人四肢抽风，神经失常，口吐白沫，毒量重的会使人丧命。当时又缺医药，同志们常常束手无策，眼看着自己的战友倒下去，丧失宝贵的生命，心里像刀割

铁流两万五千里
——红军长征的故事

一样地难受。

越往草地里走，情况越严重，大部分野菜都被前面的部队吃光了，只剩下一些野菜根。为了生命的继续，为了保证革命的胜利，上级决定把驮帐蓬、物资的牦牛和首长骑的骡子杀了。杀一头一个连要吃三四天，先煮汤和着野菜根吃，再把煮过的肉分给每人一二两带着，不准吃，第二天再煮。可是人多驮畜少，大部分驮畜很快就杀完吃光了，同志们就把皮带、羊皮烧一下，再放到锅里炖。要是今天，谁也不会说它好吃，可是当时，大家都觉得味道美极了。后来这些也吃光了，干脆就把携带的书和破纸也塞到嘴里吞下去了。再后来，真是一无所有了，就喝凉水充饥，喝得肚子里咕咕直叫，有的同志肚子痛得要命。以后上级决定烧开水喝，喝了热水也能增加一些热量啊！

严重的饥饿使大家精疲力尽，生病的同志更是难以支持。就在走出草地还剩两三天的时间里，沉痛的消息不断传来。由于人体得不到最低限度的粮食，不少同志牺牲了。有的是在睡梦中就停止了呼吸。有一位叫曾照喜的小司号员，到宿营地休息时还是好好的，第二天早晨该吹起床号时，就再也起不来了。战友们再也不能听到他那嘹亮的号声了。

环境是恶劣的，困难是巨大的。但是，伟大的红军战士有着压倒一切困难的英雄气概。他们怀着必胜的信心，以顽强的毅力，一步一步艰难地前进着……

红军战士不仅仅要战胜饥饿的困苦，而且还要不断地同大自然做斗争。老红军谭清林每讲到这一段都激动不已。

那时谭清林还在红四方面军的某连当打旗兵，年龄只有16岁。红四方面军在1935年秋天越过大雪山之后，来到草地的边缘康猫寺。部队在这里休息了两三天，采集了一些松菌、松果，烧熟了一些牛羊皮作干粮，随即向草地进发。

从康猫寺高处向草地望去，无边无际，像个茫茫大海；没有太阳的时候，连东西南北也分辨不清。草地到处是吃人的泥潭，人们只有踩着大如蒲团的草墩摸索着前进，一不小心就会陷进泥坑，越陷越深，越挣扎陷得越快。就是踩着草墩走，也止不住心跳，一脚踏出，草团往下一沉，黑水就漫过脚面，人过去不多会时草团又还了原位，连个脚印也难找。进了草地真像入了八卦阵一样。幸亏先头部队过去之后，给他们留下了一条毛绳，弯曲曲地通向草地深处。同志们就顺着这条绳子，小心翼翼地走着，生怕踩断了它。因为同志们清楚地知道，这不是一根普通毛绳，这是兄弟部队付出多少战友的生命，铺起来的一条真正的

"生命线"。

同志们顺着毛绳走了4天。第五天下午，部队正在一块草滩上晒太阳。天气突然大变，狂风卷着黑云，像恶魔似的要把大地一口吞掉，接着满天撒下一层层盐粒子似的冰雹，紧跟着又是一阵鹅毛大雪。为抵抗暴风雪的袭击，大家都自动围拢，几个人搂在一起，用夹被蒙在头上。

风雪稍稍停了，一簇簇形如蘑菇的人群，掀开盖满雪花的夹被，互相搀扶着站了起来。再去查看毛绳，已不知去向。草地变成白皑皑的雪海。连长带着全连的同志，组成一路纵队，像找针似的在草滩上搜寻毛绳，成百双手剥开两侧的积雪，连影子都没找到。停下来吧，天气奇寒，没有烤火的柴禾，部队在此不能久留；向前走吧，只会把部队带进可怕的泥坑，不得已只好向后转，朝着隐隐微现的山峰，折回康猫寺，等候先头部队来人联系。

在康猫寺又住了两天，先头部队果然派来了带路的"通司"(藏语向导兼汉语翻译)，同志们又重新走进草地。

在大草地里行军，险情处处存在。一次，谭清林扛着红旗正往前走，忽然草墩一晃，后脚没来得及靠上，两眼一黑，就跌进泥坑中。心想这下完了，红旗就是打旗人的生命，人牺牲了倒没什么，千万可别把红旗玷污。睁眼看看红旗，还没倒下，小谭慢慢地把旗杆竖直，一手抓住旗杆，一手按着泥地，试图挣扎着往上爬，累得满头大汗，反而越陷越深，泥浆已经齐腰。正在绝望的时候，连部的文书来了，他伸手接过小谭的红旗插在一旁，然后把他那根挂行的竹棍，递一头给小谭抓住。他站在草墩上拼命向上拖，拖了半天全无效果，反而把他自己立足的草墩拖得也晃动起来。后续部队看到文书和小谭在红旗下面的动作，就知道出了事。抢先跑来了一个身材高大的战士，他迅速地把披在身上的夹被解开，铺在一块厚厚的草墩上，再取下他肩上的两支步枪，十字形地横放在夹被上，一把抓住文书手中的竹杠，叮嘱小谭狠劲地抓住那头不放，随后又上来几个战友，他们一个拉住一个，像拔河似的，拖了十多分钟的光景，把小谭周围的烂泥，晃成一个圆形的泥坑。这时，小谭的身子已可自由活动了。大个子指点小谭顺势躺下。他们猛一使劲，就把小谭拖了上来。这时的小谭已成了黑乎乎的泥人。用这个办法从泥坑里救人，在连队里还是第一次。小谭被感动得直掉眼泪。后来知道救他出险的那个大个子是连队新调来的战士，绰号叫"滑儿棒"。

"滑儿棒"纯朴、乐观，话多得不知有多少，饥

041

铁流两万五千里

——红军长征的故事

饿、疲劳也封不住他那张爱说爱笑的嘴。行军时，他的肩上经常是3支步枪，他使用这种方法救出许多战友，但也有救不出的。每当看到沉进泥潭里的战友，这个调皮的战士难过得再也说不出话来了。

可是，这个可爱的"滑儿棒"却在后来的一次草地渡河中牺牲了。

大草地不仅仅遍布深深的沼泽，而且还有许多河流。一天下午，部队前面出现一条大河。这河宽约两百米，两岸还长着几棵秃树。由于前两天下了一场倾盆大雨，水位很高，流急浪大，向东南方向奔去。

"通司"把队伍带到一棵秃树下，树上拴着一根粗铁丝通向对岸。首长一声"下水"命令，部队就噗通噗通跳下河去，一手拉着铁丝，一手举起步枪，向对岸游去。待"滑儿棒"和小谭等几位同志跳下水时，没游上十几米，由于人多水急铁丝断了，激流把战士们冲出几十米远。小谭抱住旗杆，身不由己地在水中忽上忽下，肚子里灌满了河水，想站也站不起来。幸亏被离岸不远的连长看见了，他朝着红旗浮沉的方向，骑着马沿岸跑过来，跳下河营救。等游到小谭附近，他一手抓住红旗，小谭顺势浮出水面，双手紧紧抓住马尾。"滑儿棒"和另外一位战士离小谭不远，他们不通水性，有些招架不住了。连长把马头勒转，朝他们游去，"滑儿棒"用尽力气一推身边的战友，那位战士伸手抓住了小谭的衣襟。3个人随着大马向对岸游去。等他们上岸，却发现"滑儿棒"不见了。原来"滑儿棒"虽然身体很棒，但他来自山区，不通水性，就这样被激流卷走了。

望着吞噬战友的河水，小谭的泪水哗哗地流下来。他举着红旗在岸边站了好久。

渡过河流的第二天下午，前方露出一座不高的雪山，形如鲤鱼，山上一簇簇、一团团，像盖了雪的房子，又像是一丛丛小树。很多同志因此抬起杠来，有的说：

"我不但看见房子，还看见炊烟呢，不信你瞧。"

有的反驳道："那不是炊烟，是瘴气……"

哪个不想看到人烟？所以多数人都帮助前一个人说话："也许真是有人居住的地方呢，加点油！"

傍晚，部队来到了山上，房子、炊烟的幻景消失了，眼前出现的却是一片合抱的大松林。"草地啊，我们总算把你丢掉了！"大家兴奋地松了口气。

部队决定在此宿营。大家忙着找块避风的地方，扒开积雪，拣些树枝烧起篝火，偶然发现几只松果，指导员马上给战士们打气：

"同志们！这里松树多，松果不会少，快去拣些，吃饱了好走路。"

晚上，同志们围着一堆堆篝火，嚼着松果和松菌。一个个瘦黄的面孔，在火光照耀下，泛出了红晕。有的战士用破茶缸煮起雪水。一位老战士突然像想起什么似的，在自己的衣袋、衣角到处搜索，终于掏出一小块干姜。他用小刀在手心把它切成碎末，一小撮一小撮放进战友的缸子里说道：

"姜汤可以取暖，把它当作烈酒喝吧。"又说："草地真是个怪地方，等到革命成功了，要是我不死，一定跑来看看。这真叫万'苦'流芳，唐僧取经恐怕也没有到过这个地方。"

说着说着，大家就在篝火边睡着了。

天亮了，凄厉尖叫的西北风狂啸着，篝火早被狂风大雪熄灭了。树枝上的冰棍，稀里哗啦地互相撞击着，打在身上不觉得疼。连长挣扎了半天才慢慢站了起来。他推了推小谭。其实小谭早就醒了，想起起不来。原来身下的冰起初被体温融化了，后来又冻了起来，两条腿就像钉在地上一样，屈伸不得。连长帮助小谭活动筋骨，好久他才爬了起来，看看地上现出一个清晰的人印子。睡在小谭身边的那位老同志，被推了好几分钟也没有反应，摸摸他的胸口，冷凉凉的，心脏停止了跳动。连长忙以自己的身体贴着他的胸脯，想暖活他，但是毫无用处。这时，连长眼圈红了，又默默地走向别的火堆。指导员和已经站起来的同志，也跟连长一样，到处设法营救战友。十几个同志，就在这即将走出大草地的时候无声无息地永远长眠在这座山上了。

活下来的同志继续前进。当战士们远远望见草地尽头的查理寺的时候，那种激动劲儿简直不知怎样形容才好。不久，高高的查理寺顶上，飘扬起鲜艳的红旗。

1936年10月10日，红二、四方面军终于在甘肃会宁与红一方面军胜利会师，取得了长征的最后胜利。

长征中的故事，举不胜举，每一个都激动人心。在历时两年的时间里，红军以无与伦比的英雄气概，坚韧不拔的毅力，爬过18条山脉，其中有5条终年大雪覆盖，纵横11个省份，为北上抗日积蓄了新的革命力量。

毛泽东曾自豪地说："长征是历史记录上的第一次，长征是宣言书，长征是宣传队，长征是播种机。"

毛泽东又自豪地问："自从盘古开天地，三皇五帝到于今，历史上曾经有过我们这样的长征吗？"

铁流两万五千里

——红军长征的故事

红军战士小兰和一袋干粮

在红军部队的医院里，有个红军小战士叫小兰。小兰才13岁。她的爸爸、妈妈都被地主逼死了，她也被地主拉去干活，受尽了地主剥削和打骂。后来，红军来了，小兰跑到部队，说什么也不离开红军了。

红军长征的时候，小兰跟着部队走进了草地。

一说草地，人们准会想到公园里那长着绿茵茵小草的草坪，又平坦又好看。红军过的草地可不是那样，地上除了野草就是烂泥坑，走几十天也走不完。一路上看不见一间房子，找不到一个老百姓。只有几只老鹰在天上飞旋。

这天，走着走着，前边出现了一个小村子。部队进了村子，小兰把伤病员安置好，就拿着米袋找粮食去了。可村里一个老百姓也没有。

小兰在村里看见一个打麦场。场上堆着一堆麦秸，上面还有没有打干净的麦粒。她把麦秸捶了又翻，翻了又捶，东一粒，西一粒地捡起来。总共不到一小碗。这点东西能吃几顿呢？不行，还得找！小兰刚走不远，正好碰见一个大个子红军，扛着一袋沉甸甸的东西走过来。

铁流两万五千里
——红军长征的故事

　　小兰一看，这不是在我们医院养过伤的那个大个子吗？小兰忙问：

　　"哎，你在哪儿搞来这么多的粮食呀？"

　　大个子红军放下口袋说："嘿，是小兰呀，我这粮食是在地主院子里挖出来的。你找到多少粮食了？"小兰把口袋一伸说："喏，都在这儿呢！"

　　大个子红军接过米袋掂了掂，笑着说："小兰，听说还要走二十多天的草地，这点麦子还不够塞牙缝的呢!""明天再找嘛!""来，把我的给你一点吧！"说着，他捧着麦子就要往小兰的米袋里放。小兰赶紧米袋藏在背后，摇摇手说：

"不要，你们人多，自己还不够吃呢。"

大个子红军胳膊长，一把夺过米袋，一边往里倒，一边亲切地说："没关系，我们每人少吃一口，就省出来了。"

小兰又在别处找到了一些麦子，炒熟了碾成了麦粉，放在了米袋里。心想：这些麦粉我一顿吃一把，再拣点野草野菜，能吃它二十来天，走出草地没问题。对！还要省出一点给伤病员吃。

第二天早上，部队出发了。

小兰扶着伤员，紧跟着部队，小心地往前走。走着走着，前边出现了一条小河，河上用树干临时搭起一座桥，桥下的河水"哗哗"地流着。

小兰把肩膀上的米袋背好，紧紧扶着伤员说："同志，该过桥了，慢慢走！"

谁知道，走到桥中间，那个伤员忽然咳嗽起来了，脸涨得通红，身子直发抖，脚底下一滑，身子一歪，小兰连忙使劲扶住了他。可小兰肩膀上那袋麦粉却掉到了河里。米袋在水里滚了几下，就冲走了。

小兰愣住啦，她小声地叫了一声："哎呀，这可怎么办呀?"伤员看她望着河水直发愣,就问:"小兰,什么东西掉到河里了?"

小兰连忙摇摇头:"没有,什么东西都没掉。咱们走吧!"

这时候,看护长从后面走过来了。小兰告诉她伤员咳嗽得很厉害。看护长双手扶住伤员说:"好,到前面找医生看一看。"

她见小兰好像有点什么事儿的样子,又问:"小兰,怎么啦?是身体不舒服吗?"

"没有。嗯……"

小兰把刚到嘴边的话又收了回去。她想:不能把丢米袋的事儿说出来。要是同志们知道了,准会把自己的粮食捧出来给我吃。大家的粮食都很少,我怎么

红军桥

铁流两万五千里
——红军长征的故事

能吃他们的呢？不，我要坚持。

看护长走了。小兰赶紧拔了许多野草，放在挎包里，把挎包塞得鼓鼓囊囊的好像真的粮食一样。

晚上，部队休息了。小兰怕大家看见她尽吃野草，就跑去给伤员换药，洗绷带。等大家吃完了东西休息了，她才煮野草吃。

这样过了几天，小兰的身体就不行了。常常拉肚子，头发晕，两腿软绵绵的，一点劲都没有。有一天，她走着走着，一下栽倒在地上，什么也不知道了。等她醒来的时候，发现看护长正背着她呢。看护长是四十多岁的人了，这些天来和大家一样，吃野草和麦粉糊糊，身体很虚弱。她背着小兰，脸上淌着豆大的汗珠，嘴里喘着粗气，摇摇晃晃地往前走着。

小兰醒来说："看护长，我自己能走，快让我下来！"

央求了半天，看护长才把她放下来。小兰咬紧牙，坚持着走到了傍晚。等大家休息以后，她又躲到一边煮野草吃去了。这时候，看护长笑眯眯地走了过来："小兰，你身体好一点了吗？哎，怎么一个人躲在这儿煮东西吃？"小兰赶紧用手遮住瓷缸："我煮好东西吃，不让你看！""好！我不看。"

看护长嘴上这么说，趁小兰不注意，一下把瓷缸抢了过来，一看："哎呀，小兰，你怎么光吃野草，一点麦粉也不掺呀？""路还远呢，留着慢慢吃呀！""你的米袋呢？"

小兰拍拍挎包说："这不是吗？"

看护长奇怪地问："你为什么放在挎包里呀？"

"米袋破了个洞，怕麦粉漏出去！"

"拿来！我给你缝缝。"说着，看护长一把夺过小兰的挎包，打开一看，里面全是野草。她愣住了。"小兰，你的麦粉呢？"小兰看到看护长这么关心她，想说话，可嗓子眼像被什么堵住了似的，一句话也说

不出来，眼泪"唰唰"地流了下来。过了一会儿，她才把丢粮食的事儿告诉了看护长。

看护长听了说："哎呀，小兰，你为什么不早点告诉我呢？我们一起参加革命，就像兄弟姐妹一样。你没了粮食，大家应该帮助你呀！"说着，看护长从自己的米袋里，抓出一把麦粉，放进小兰的缸子里。"你先吃吧，我马上去报告首长。"

不一会儿，小兰丢粮食的事儿，像一阵风似地传开了。同志们立刻提着米袋走了过来，你一把他一把地直往小兰的挎包里装。小兰忙摇手说："不，不，谢谢大家……"这时候，那个伤员拄着拐杖走过来，拿着一点粮食，激动地说：

"小兰，你为了救我，把粮食丢了。我这一份你一定要收下。"同志们都说："小兰，你收下吧。不管碰到多大的困难，我们也得把你这个小红军带出草地。"小兰呢，感动得一句话也说不出来，只好收下了大家的粮食。

这天夜里，小兰怎么也睡不着。想起小时候，在地主家里受剥削挨打受骂。要不是找到了共产党，自己早就死了。参加红军以后，得到了首长和同志们多少帮助和教育，懂得了多少革命道理呀！

小兰暗暗下定决心，一定要永远听党的话，永远跟着共产党走！

用生命保护行军锅

人们无论如何也想不到，在长征中一口锅对于红军来说有多么的重要。我们用双脚走出了两万多里，停下来首先要做的是什么？是用热水烫脚。热水从哪里来，还不是我们自己烧？刚开始那半个多月，烧水烫脚是头等大事。然后才是做饭吃饭。

长征出发时，我们团部炊事班用的是一个铸铁的锅。那是一个死沉死沉的黑锅。烧水，炒菜，做饭，我们都用它。队伍要出发了，谁来背这个锅就成了问

红军造币厂

题。我们的炊事班总共5个人，挑粮食炊具都有人干，锅却是谁也不愿意背。不知是谁想出个办法，谁表现不好，谁就"背黑锅"。特务连表现差的，被罚背3天"黑锅"。刚开始，还有表现差的，走了一个多月后就没有人来了。——这就全靠我们炊事班了。我们这5个人，谁去背呢？大家都说，那就是大郭了！

大郭其实不大，那年也就25岁，全名叫郭春花。她是两年前参加红军的，丈夫被白匪杀了，她就跑到了队伍上。没文化又没有什么特长，就到了我们炊事班烧火。她个子大，说话嗓门大，走路动静大，干活动作大。还有个特点，就是不会说好听的，经常是正话反说，惹别人不高兴，所以常和人吵架拌嘴。

那天，她洗菜时把一个盆摔了，我说："大郭，今天你背锅。"她老大不高兴，梗着脖子说："班长，你欺负我。"

我说："怎么是欺负你，谁做错事谁背锅。我做错了事我背。"

第二天早起出发时，大郭谁都不理，自己背上锅走了。

一连三天，她谁也不理。大家背后说她闹情绪了，甚至还有人提醒我，当心她"开小差"。

有一天，我们刚刚上路，就下起雨来，大家正在骂天气的时候，她把锅顶到头上当了雨伞。一会儿突然下起雹子，砸在锅上，叮当作响。我们东躲西藏，她却很是得意地唱起了小曲……

当我们走到贵州桐梓时，路上突然碰到了情况。敌人从两边包抄过来。我们边打边退。忽然，只听当的一声。就听郭春花大叫："妈呀！"连锅带人倒在了地上。

我想完了，她一定是……谁知过了一会儿，锅在动。她起来了。拍拍身上的土，把锅卸下来，我忙过去看，她却还是大咧咧的样子，说："吓了一跳，你们不愿意背这锅。嘿，它还救了我一命。"

再看那锅，被弹片崩了一个大窟窿。由于是铸铁的，已经裂了两道纹，根本不能再用了。

到宿营地可麻烦了，没有了锅，水也没法烧，饭没法做。团长发了火，非要给她一个处分。刚好上级特派员到我们这里了解"纯洁队伍"的情况，对此事特别重视，非要查一查，她是不是故意破坏。

她被叫去谈话。回来后一言不发。我知道，是路上碰到了敌人，她不会是故意破坏，就去安慰她，她却说："你不用跟我说，就是你们叫我背黑锅！"她那口气，那眼神，分明是一种不被信任的委屈。

第二天我们到了一个很大的村庄，打了一个土豪。别人在忙着分东西，我和郭春花却直奔了那家的伙房。她拿起铲子就撬下了蒸锅。这个锅是铜的，锅沿还闪闪发光。我说，这下子可好了，谁也不用背黑锅了！

特派员却找我们几个人开会，要我们监视郭春花，叫副班长看住她，不要叫她把锅给背跑了……

路越走越艰难了。连续一个多月，天上有敌人的飞机，地上有敌人的追兵，我们的体质也严重下降，就炊事班的几个人走起路来，也要落上两三里。

那天，郭春花和负责监督她的副班长走在前面，我们离他们也就一里多路。忽然敌人的飞机来了，在我们的路上丢下了不少炸弹。躲过飞机，我们又匆匆赶路。当我们赶上他们时，我看到了一个永远也无法忘记的场景——山路上被敌人的飞机炸了大大小小的弹坑，来不及躲避的战友被炸得身首异处……

我找到了郭春花和副班长。副班长已经牺牲，郭春花仰面朝天，胸前流着血。看见我过来，她喘了两口气，说："班长，锅没有事……"

我明白了，她是用自己的身体护住了我们的那口锅呀！我赶忙解下了她身下的锅，鲜血滴在了黄色的锅沿上……

我抱起她说："春花，大郭，你要挺住，卫生员！卫生员！"还没有等卫生员上来，大郭的手一垂，再也没有反应……

四个连控制敌人三个师

人物简介：陈士榘(1909－1995)，长征时任红一军团教导营营长，新中国成立后担任过工程兵司令员。1955年被授予上将军衔。

倒流水位于贵州仁怀县经长干山、枫香坝、才溪至遵义的大道上，是敌人当时主要封锁线之一。倒流水在长干山和枫香坝之间：西距长干山25里，东距枫香坝18里；站在附近高山上，可以遥望长干山、枫香

坝附近敌人所筑的"乌龟壳"。当时敌军以3个师扼守长干山、倒流水、枫香坝一带，构筑封锁线，企图拦阻我军南进。

3月31日拂晓，于潮水接军团首长命令："我野战军决定于明日(1日)由长干山、枫香坝、才溪一带突破敌人封锁线南进。教导营及第二师工作连归教导营首长指挥，应以迅速秘密坚决手段，袭占倒流水，继续向两翼延伸，突破封锁线，掩护与迷惑敌人，保障我野战军安全通过。"

早饭后整装出发，派出尖兵，上着白光闪目的刺刀，一路翻山过岭，向目的地进发。红军战士雄赳赳地都表现着活泼高兴的情绪，抱着光荣牺牲的决心，无论如何要完成这一任务，把敌人赶进乌龟壳里去。"捉乌龟"，每人心窝里都在这样想，嘴上也在这样谈着。

沿途的群众因过去受过红军经过的影响，对红军都表示非常欢迎，帮助带路，报告消息，送茶送水，卖东西给红军……只有反动的土豪跑了精光不见影。

腊子口战役纪念碑。1935年9月中国工农红军进入腊子口地区，通过正面强攻与攀登悬崖峭壁迂回包抄的战术，经过浴血奋战，一举攻破了鲁大昌部重兵据险扼守的天险腊子口天险，打开了中央红军北上进入陕甘的通道。

　　为着保守军事秘密绕了一段路，到了下午5点钟的时候，在一个村庄旁边树阴下休息。"这里到倒流水还有多远？"一个战士这样问群众。"25里，还要翻个15里路高的大山，红军先生。"群众这样的回答。"我们已经走了70里呀，差5里100。"另一个战士这样说。"怕什么？再有100里也要跑到！"又一个战士这样回答。大家正在吃着所带的干粮，说说笑笑，忽然前面"啪！啪！啪！啪！"打了几枪，我们在前进号中继续前进。

　　原来刚才所听到的枪声，是敌人由倒流水派出来抢粮的十多个兵，发现我们搜索的尖兵，打了几枪，不要命地往倒流水方向逃命了。我们尖兵跟着赶去，追到山顶天已黄昏，逃的敌人也不见了。休息！大家准备好上刺刀！本晚口令"坚决"，记号："把右手袖子扎起"。"前进"，这是后面传来的命令。

　　很肃静地沿着一条弯弯曲曲不平的石头小路下山了，前面发现火光，大家的血沸腾着，怕是敌人了。第二班去了，沿着路边稀散矮小的树林和深草、田沟，很轻巧的摸拢去，原来是一间小茅棚，内面住着两公婆，躺在铺上吸大烟。"老板，我们是红军，保护干人的，不要怕！"群众开腔了："这个茅棚前去不上半里路便是长干山下来的大路。白军这几天几百几千，整

红军指战员用过的手枪

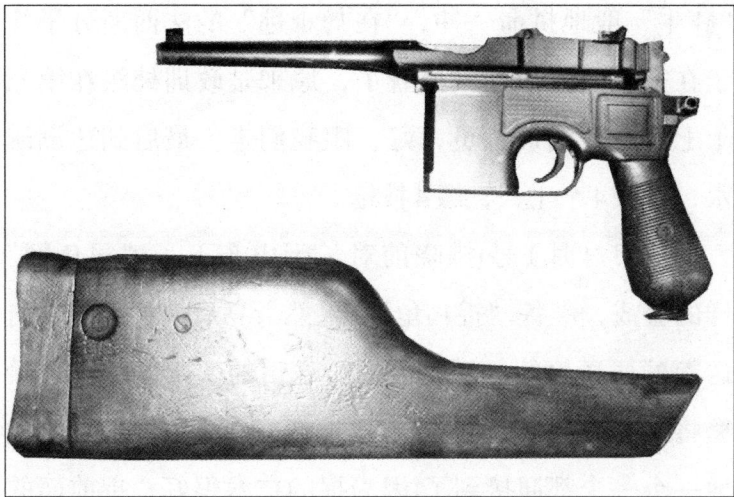

天不断地上来下去，今天快要黑都过了几百人下枫香坝。倒流水昨天是扎了兵，今天不晓得有没开差。长干山、枫香坝都扎满了，说是杨师长的。我的儿子都被他们捉去挑担了。"

问完后继续前进，途中捉到白军4名掉队的病号，里面还有一个班长。据说："第五师第二十七团在倒流水一带驻防，今天下午听到后面山上很远的地点打了几枪，过了一会，紧急地开往枫香坝去了。我们师部及直属队率一个团，与4师全部、纵队司令官及纵队直属部队，都在长干山。第八十七师全部及5师的一个团住枫香坝。今天第二十七团开去，又增加了一个团。"

忽然在一个茅棚门口听到："快来！"一道黑影像

"狂牛"般地拼命一冲，"在劫难逃"的法西斯分子终于在一个黑屋里面被擒着了，原来是政训处派在第二十七团的政治训练员，好，跟我们走。最后到达倒流水，捉获4个士兵，缴4枝枪。

翌日(4月1号)拂晓前对长干山布下了"司鱼网"样的警戒，准备"捉乌龟"。果然天亮后由长干山方向送粮的、送枪的、送猪肉的、送信的、归队的"虾兵蟹将"，一群一阵，大摇大摆地迎面而来。我们不客气地一个一个都迎接到了(因为捉的技术很好，捉前面的一个，后面并不能发觉)，在半天的工夫，共计收到五十余人(副连长、司号长、副官、特务长都有)，五十余枝步枪，子弹两千余发，二十发新式驳壳枪一枝、子弹百发。

当日下午一点钟左右，由长干山方向，大概有一连人马向我开来，气势汹汹。我们同样准备欢迎，不料与我们刚一会面，不战而逃。我们追去，直抵长干山脚才停止。第三天(4月2号)，我野战军全部已由枫香坝以东和才溪之间地区安然通过了，我们于下午3点钟召集新来的白军士兵开了"欢送茶话会"，并给每人路费钱3块，很高兴地送他们回去了。下午五点钟光景，我们也离开倒流水南进了。

红军长途中的革命伴侣

任弼时与陈琮英

1934年7月初，湘赣苏区的中心区域被国民党军占领，红六军团处境危险。中共中央、中央军委决定红六军团向西突围到湖南中部去创立新的苏区，同时命令时任中共中央政治局委员、湘赣省委书记的任弼时，以中央代表的身份，与萧克、王震组成红六军团军政委员会，率红六军团向湘中地区转移。8月，任弼时带着红六军团突围西征，当时在湘赣省委工作的任

任弼时

铁流两万五千里

——红军长征的故事

弼时夫人陈琮英也一起随军行动。

在历时八十多天的西征中，红六军团纵横赣、湘、桂、黔4省敌境五千余里，突破数倍于己的敌军包围圈，转战在贵州的石阡、余庆、施东一带。这里山高路险，荒无人烟，战士们缺衣少食，赤脚行军。当队伍行进至人迹罕至的梵净山地区时，任弼时染上了疟疾，忽冷忽热，面色蜡黄，虚汗不断，30岁出头的人憔悴得和60岁的老头一样。即便这样，任弼时仍然坚持拄着拐杖行军。负责机要工作的陈琮英原本是背着密码箱不离丈夫左右的，可由于饥饿、疲劳，瘦小的陈琮英渐渐感到力不从心，最终掉队了。当陈琮英赤着脚倚在一棵大树下喘着粗气的时候，被负责宣传和收容的陈罗英发现了，连背带拖地将她带到了军团部。任弼时见了，诙谐地对陈罗英说道："哎呀，真要感谢你啊，我丢得起老婆，可丢不起军团的密电码啊！"

红六军团历经千辛万苦，于1934年10月与红二军团胜利会师。会师后的二、六军团挥师北上，进军湘西，创建了湘鄂川黔革命根据地。1935年11月，红二、六军团突围长征，于1936年7月1日，在四川甘孜与红四方面军会师，并一起北上。

就在部队向包座、班佑进发，进入阿坝这个川西北藏族聚居地时，陈琮英临产了。时任红二方面军政委的任弼时，一边要夜以继日地工作，一边还要照顾怀孕的妻子，十分辛苦，身体也一天比一天差。这一天，部队刚刚趟过一条齐腰深的小河，陈琮英腹中的胎儿就急不可待地想见天日了。

大家立刻为陈琮英找到一处二层木屋，这是当地藏民的住房，下层是奴隶和牲畜栖息之所，上层是主人的住屋，通向二楼的是一副直上直下的简易木梯。这种简易木梯，别说即将临产的人，就是普通人上下也得四肢并用。情急之下，大家就迅速地将下层收拾干净，将陈琮英安顿了下来，并请来傅连暲大夫为她接生。

红军战士群雕

铁流两万五千里
——红军长征的故事

随着一声婴儿的啼哭声，众人悬着的心终于放了下来，一个健康的女婴来到了人世。任弼时夫妇对孩子的到来欣喜不已。5年前送回故乡的大女儿音信杳然，西征时留在湘赣的儿子生死未卜，只有眼前这个呱呱坠地的女儿才是最真实的存在。回首数月来的艰难孕育，陈琮英不禁感慨万千。任弼时望着茫茫草地，遥想未来的征途，便为女儿取了一个极富深意的名字——任远征。

紧张艰苦、颠沛流离的戎马生涯，每天只嚼野菜草根的陈琮英哪里有什么奶水，远征经常饿得哇哇直哭，听得任弼时心里一阵阵着急。情急之下，朱德给任弼时出主意，说水里有鱼，让他找水坑去钓鱼试试，朱德还送来了他亲手钓的鱼。任弼时也学着朱德的样子到处找鱼钓，果真钓上了几条小鱼，赶紧给妻子熬鱼汤。为了照顾妻子，任弼时每次吃饭时，总是争着抢着吃又粗又老的野菜，把嫩一点的留给陈琮英。他还给自己缝了个布袋，把女儿放在里面，背在背上，一手扶着拐杖，一手搀着陈琮英，艰难地向前行走。战士们过意不去，争着背孩子，任弼时却不肯。他与陈琮英互相勉励，以惊人的毅力走完了二万五千里长征，胜利到达陕北。

李富春和蔡畅

1934年10月10日，中国工农红军总政治部代主任李富春和他的妻子、时任中共江西省委组织部长兼妇女部长的蔡畅，随中央红军从瑞金出发，踏上了长征路，成为长征中为数不多的红军夫妇中的一对。

当时，党中央机关、政府机关、后勤部门、卫生部门、总工会、青年团、担架队等组成了第二纵队，又名"罗迈纵队"、"红星纵队"，李富春夫妇和毛泽东、周恩来、朱德他们都编在这个纵队。李富春主管全军政治工作和宣传工作，蔡畅则主要负责部队宿营时驻地的群众工作，两人工作都相当繁重，因此很难有机会在一起相互照顾，只能偶尔通过他人传递、交换一下彼此的信息，但两人的心却一直紧紧联系在一起。

长征途中充满了艰辛，尤其是夜间行军，人生地不熟暂且不说，由于队伍庞大，遇着上山下山、过桥趟水，便会出现前面部队走不了、后面部队走不动的情况，有时一夜下来10里路都走不到。要是遇上大风大雨，队伍前进不能，后退不得，将士们遍身淋透，又困又饿，只能就地在山顶或山腰露营。在如此艰苦的条件下，蔡畅始终不忘关心周围的同志。她将组织上派给她的一头骡子让给病号骑，或帮助其他体弱的

铁流两万五千里

——红军长征的故事

两岸地形险要，河水湍急的大渡河。

同志驮东西，自己则跟大伙儿一同步行。有一次，她发现身材娇小的刘英居然打着赤脚行军，惊讶不已，心疼地询问原委，才知道是因为刘英的脚太小，找不到合脚的鞋。

恰好这时，总政治部征收了一批土豪劣绅的资财，蔡畅费了老半天劲，才找到一双小号布鞋。她立刻跑去向主管物资分配的李富春请求说："你把这双鞋给刘英同志吧！她已经很久没有鞋子穿了，脚板都快走烂了！"李富春望着妻子渴求的眼神，想着身体羸弱的妻子首先想的不是自己而是同志时，便爽快地答应了。正好这时刘英安排完工作后跑来看望蔡畅和李富春，蔡畅急忙把鞋藏在身后，要刘英猜猜是什么。还没等刘英讲话，蔡畅就迫不及待地将那双小布鞋亮了出来，兴奋地说道："这一双肯定合你的脚。"李富春在一旁也说道："穿上试试嘛！"喜出望外的刘英当即就穿上了布鞋，在地上来回走了几圈，李富春诙谐地说："看，我们的刘英真漂亮噢，再不是烂脚板啦！"刘英深深地感受到李富春夫妇的关爱，感激地对蔡畅说道："大姐，你真好！"

1935年2月至6月期间，中央红军在毛泽东的指挥下，机动灵活，纵横驰骋在川、滇、黔之间，并最终摆脱了几十万国民党军队的围追堵截，取得了战略转移中具有决定性意义的胜利。作为总政治部代主任的李富春积极贯彻毛泽东机动灵活的战略战术，针对不同情况和问题，及时签发了《总政治部关于由川南回师东向对政治工作的指示》、《总政治部关于收容工作的训令》、《总政治部动员全体红色政治工作人员争取新的胜利命令》等一系列重要文件，为红军在艰难环境中团结一心、众志成城提供了有力的思想保障。

红军四渡赤水通过贵阳城郊时，蔡畅不顾行军疲劳，带领几位女同志，向战士们高呼口号，激励大家乘胜前进。部队快走完了，蔡畅等人还在那里振臂高呼口号。一军团政委聂荣臻走了过来，动情地说道："蔡大姐，快些走吧，现在我们的左边有龙云5个团驻在龙里附近，右边驻贵阳的是蒋介石的大部队，我们要赶紧插过去，否则两边一夹，我们就暴露了。"蔡畅则充满信心地回答道："我们一定跟上，你们放心走吧。"

蔡畅搞的是地方工作，发动群众，组织群众，宣传群众，依靠积极分子建党、建政，沿途播撒革命的种子。这些工作也都属于总政治部的管辖范畴，因此每到一个地方，李富春总会叮嘱蔡畅在工作中一定要遵守三大纪律八项注意。在红军走出草地后的一天傍晚，李富春见到了在行军途中休息的蔡畅。久别重逢，千言万语涌上心头，然而，夫妻俩只互相说了几句道贺、祝福的话，就又匆匆分手，共同踏上新的征程……

毛泽民和钱希均

毛泽民是毛泽东的胞弟，在革命大潮汹涌澎湃的20世纪，毛泽民在20年代曾出任中央出版发行部部长，30年代任中华苏维埃政府国家银行行长，人称"红色金融家"。1938年，毛泽民出任新疆省财政厅厅长，1942年被反复无常的大军阀盛世才杀害。毛泽民的妻子钱希均于1905年出生在浙江诸暨牌头镇一户贫苦的农民家庭，1926年受中共中央组织部的委派，来到了上海新闸路培德里的中央出版发行部报到。在那里，她与时任发行部部长、化名杨杰的毛泽民认识了，

红军女战士雕塑

在共同的学习、生活与工作中，两颗年轻的心最终走到了一起。从1926年开始，作为妻子的钱希均就始终陪伴在毛泽民的身边。

即将从中央苏区的红都瑞金出发踏上长征之路的时候，毛泽民的内心很不好受。在这块并不富饶却生活了数个春夏秋冬的土地上，中国工农红军在毛泽东正确路线的领导下，曾击退了蒋介石的四次"围剿"，如今却要离开这里。钱希均从丈夫的表情中读出了他的内心世界，她并没有多讲什么，而是默默地替丈夫收拾好行装。

长征途中，毛泽民领导的中央苏区国家银行，被编

铁流两万五千里
——红军长征的故事

入中央纵队的第15大队，毛泽民任大队政治委员，下设3个排9个班。钱希均先是在休养连任政治战士，后又在政治保卫局任检查员。毛泽民与钱希均两人虽不在一个单位，也不一起行军，但都属于中央纵队，行军宿营时相距不远，钱希均还时不时地去看看毛泽民，帮他做点事情。除了15大队政委一职外，毛泽民还兼任着"没收征发委员会"副主任（主任是林伯渠）一职，"没收征发委员会"的主要任务是：筹粮筹款，保障红军的后勤供给；没收军阀、官僚豪绅的财产，一部分供给红军，一部分发给贫苦人民；宣传红军、扩大红军。因此，毛泽民每到一个地方，都忙着了解军阀、官僚、豪绅的财产，研究确定没收对象。

作为休养连的政治战士，钱希均身上的担子也不轻，她要组织雇请民夫筹集粮款，了解民情和敌情，向沿途的群众宣传红军。一次，他们来到四川凉山地区的一个村庄，由于国民党当局的反动宣传，当地老乡都把红军当成是"身上长着长毛，青面獠牙，见人就杀的人"，纷纷躲了起来。钱希均和战友们到处寻找，最终才在一家土司的住宅里找到一位满面漆黑的人，钱希均仔细辨认了半天，才发现对方是一个妇女。起先，任凭钱希均他们怎么问，那位妇女就是不开口，钱希均就耐心地给她讲红军政策。过了许久，那位妇女才慢慢消除了惊恐与疑惑，洗掉脸上的黑灰，拿来了面粉，为钱希均烙起了大饼。正是由于钱希均和战友们做了大量的宣传工作，才使得沿途人民真正感受到了红军是自己的队伍，是最好的人，也正因如此，红军一路上得到了群众的无私援助。

钱希均和毛泽民都在忘我地工作着，可令她十分担心的是，丈夫的身体却一天天地差了起来。一天，队伍正行进在贵州的一座大山上，一个运输队员掉队了，被毛泽民看见了，他马上接过运输员的担子挑了起来，运输员心里过意不去，执意不肯，毛泽民却坚持要帮他挑到翻过这座高山为止。才走一段路，毛泽民突然感到一阵头晕眼花，一股热乎乎的东西从喉咙里冒了出来，他吐血了。

毛泽民停住脚步，看看前后没有人注意，便急忙把吐在地上的鲜血用脚搓掉，然后又装出若无其事的样子，吃力地坚持着，追赶着行进中的队伍……这一切，却没有瞒过钱希均的眼睛，可条件太苦了，她很难为丈夫搞到补身体的东西，便将分给自己的炒面尽可能地聚在一起，送去给毛泽民，尽管她知道毛泽民拿到这些炒面后转眼就会分给战友们。

与其他长征中的红军夫妇有所不同，毛泽民和钱希均并没有给后人留下太多为人所知的故事，但他们的爱情在长征的严酷环境中得到了考验。1935年12月，毛泽民夫妇随着红军大部队一道来到了瓦窑堡，颠沛流离的长征生活结束了，夫妇二人又开始了新的征程。（杨晓璐）

长征路上的"七仙女"

"七仙女"从容踏上长征路

1934年11月16日，中共鄂豫皖省委和红25军近三千名指战员，高举"中国工农红军北上抗日第二先遣队"的旗帜，告别了大别山区的河南罗山县何家冲，开始了长征。在这支浩浩荡荡的红军队伍里，有7名女战士显得格外惹眼，她们就是被称为"七仙女"的红军医院女看护：周东屏、戴觉敏、余国清、田喜兰、曾纪兰、张桂香、曹宗楷。

当时，红25军在程子华、徐海东、吴焕先的率领下，为了迅速实施战略转移，部队一出发就是急行军。11月17日，在击退敌"追剿队"第五支队后，部队已接近平汉铁路。这时，军政治部考虑前有阻敌，后有追兵，军情紧急，怕7名女同志在急行军中掉队出危险，就派医院政委苏涣清来动员她们留在根据地，并给她们每人发了8块大洋。

面对这突如其来的决定，她们手里攥着沉甸甸的大洋，心情十分沉重，有人急得都哭了。她们不愿离开部队啊！

年龄稍大的曾纪兰说："不行，我们不能留下，要随部队走。"

这时，向来胆大泼辣的周东屏把大洋往地上一甩，跟下达这一命令的军参谋长戴季英吵开了："回去，回到哪里去？我是逃出来参加革命的，难道还要我重新去当童养媳吗？你没有排斥女同志革命的权力！"

见周东屏带头，其他几个人的胆子也大了，一个个都把大洋往地上一甩，上前和戴季英讲理。

她们不管戴季英讲多少理由，就是原地一坐，谁

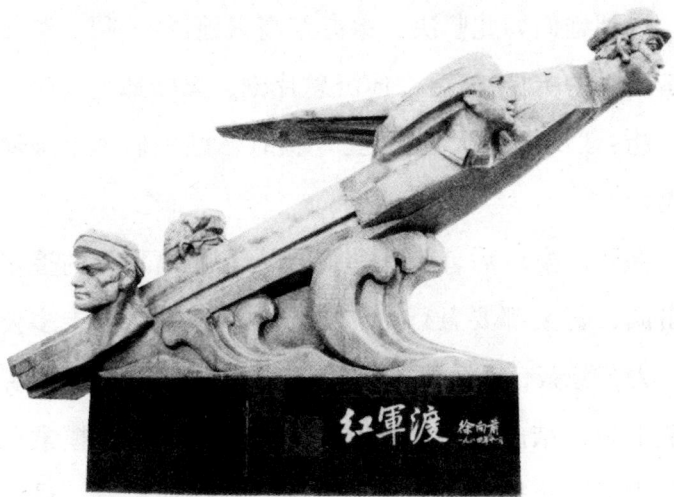

苍溪红军渡

也不动。

就在这时，副军长徐海东骑着马过来了。他见这边吵吵闹闹的，以为出了什么事情，就问戴季英："这些女孩子是怎么回事？"

"要跟队伍走。"

"就她们几个？"

"对，就她们7人！"

"不多，不多。这些女孩子，都经历过最艰苦的考验，她们既然有决心，就给她们一个锻炼的机会吧，又有何不可呢？"

听徐海东这么一说，女兵们就像见到救星一样，七嘴八舌地向他表示："当红军，走革命的路，就是死在前进的道路上，也决不向后转！决不当逃兵！"

看到她们如此坚决，徐海东高兴地说："呵，革命性蛮坚决的嘛！"然后，他沉思片刻，果断地把马鞭向前一指："快追赶队伍去吧！"顿时，姑娘们个个破涕为笑。

部队出发以后，为了甩开敌人，跳出敌人的追堵合击圈，每天都要急行军四十多公里，有时五十多公里。为了隐蔽，部队常常夜间行动，7名女战士就把绑腿解下来，结成一条长长的带子，互相牵引着摸索前进。为了防止掉队，每天行军她们都提前出发，最后到达宿营地，一天下来，全身就像散了架一样。尽管这样，她们还是坚持给伤病员送药，争着去做护理工作。

鉴于敌情日益严重，军首长见7名女同志身体很弱，时而掉队，就又一次动员她们离队，各自找可靠的人家当干女儿，待形势好转后，再接她们回部队。但有了上次没离队的经验，她们不怕了。在部队领导找她们谈话时，她们一致坚决表示："部队走到哪里，我们就跟到哪里，我们活着是红军的人，死了是红军的鬼，叫我们离开部队，坚决不走。"她们的决心再次感动了领导，于是她们得以继续随部队前进。

杨成武将军题写的石刻『长征渡口』

铁流两万五千里

——红军长征的故事

"七仙女"精心照料着红军伤员

1934年12月10日上午，鄂豫皖省委的同志在庚家河开会，突然枪声大作。警卫人员进来报告：敌人占领了东北坳口。由于红25军的战士们近一个月来长途行军，转战千余里，已疲惫不堪。设在庚家河东面的排哨，大部分人都睡着了，直到敌人打到眼前才发现。于是，全军从炊事员到军长全都投入战斗，从中午打到黄昏，经过殊死奋战，反复冲杀二十多次，终于转败为胜，化险为夷。这次战斗虽然击毙敌人三百多名，但红军也付出了沉重的代价，伤亡一百九十余人。营以上干部大部分负了伤，军长程子华、副军长徐海东也都负了重伤。

一颗子弹从徐海东的左眼底下打进去，又从颈后穿出。他这次负伤比以往哪次都重，失血很多……

徐海东整整昏迷了4天4夜，直到第五天才醒了过来。在这几天里，护士周东屏一直守护在他身旁。

徐海东醒来后便问道："现在几点钟了？部队怎么样了？"

周东屏眼里闪着激动的泪花，答非所问地说："首长可醒过来了，4天4夜不省人事，一句话也没说，把人都快急死了！"

徐海东开玩笑地说："我可没着急，倒是睡了一场好觉。"

周东屏怕徐海东刚醒过来太劳累，打着手势不让他多说话。她知道徐海东已4天4夜滴水未沾，粒米未进，就去找来一碗面条，细心地一口一口地喂给他吃，生怕触痛他的伤口。徐海东吃了面条，精神好了许多，就向周东屏问这问那。

当徐海东听说程军长伤势很重，便对周东屏说："你不要管我，去好好照看程军长。"

经过近一个月的转战，部队消耗很大。特别是独树镇、庾家河两次殊死恶战后，7名女战士看到一些伤病员因没有药品医治而牺牲，内心极为痛苦。强烈的责任心和战友情，促使她们不顾自己虚弱的身体，同医院的战友们一起收集缴获的药品，想办法买药品，乘空隙找偏方，采草药。在庾家河战斗中，许多指战员身负重伤，7名女战士日夜守护在伤员们身边，精心照料。她们细心观察伤病员的病情，耐心帮助伤员解除伤痛，热心料理伤病员的膳食等。重伤员吞咽困难，她们就亲自煮面条，一口一口地喂。两个多月的时间里，周东屏用盐水和自制的高锰酸钾天天给他们消毒；有时边行军，边用采来的药用树枝、树根熬成水，给伤员清洗伤口。她们通过这些办法，补充了

甘肃会宁——红军三军在这里会师。1936年10月，中国工农红军第一、二、四方面军在甘肃省会宁县胜利会师。红军会宁会师是长征中的重大事件，是长征胜利结束的标志，是中国革命重心成功地从南方长江流域胜利转移到西北黄河流域的标志，是中国革命走向胜利的转折点。

药品的不足，挽救了不少战友的生命。

"七仙女"医护宣传一肩挑

红25军进入陕南后，蒋介石调兵遣将，从1935年1月起，连续两次派重兵对鄂豫陕地区进行疯狂"围剿"，企图把红25军消灭在这里。红25军奋力反击，在反"围剿"斗争中连战皆捷，以战斗的胜利，为建立和巩固根据地创造了条件。部队一面作战，一面派遣部分干部和战斗连队到地方发动群众，建立地方武装和基层政权。

医院随部队行动，7名女战士的任务相当繁重，她们既要抢救和看护伤病员，又要当宣传员。她们在庆祝解放大会上演出节目，向群众宣传党的政策和主张，宣传红军是穷人的队伍，动员群众起来打土豪分田地，建立苏维埃政权，号召青年踊跃参加红军等。军政治部根据这些内容编排节目，有时她们还自己编些新词配上老调，连夜进行排练，然后登台演出。唱歌、跳舞、演新戏，她们并不擅长，都是现学现演，但每次演出，总是人山人海，老百姓特别喜欢看。群众渴望听到共产党和红军的声音，群众的情绪鼓舞着每一个红军战士，也激励着她们自己。

她们的宣传收到了很好的效果，很快便打破了国民党反动派和地方豪绅的造谣欺骗。在红军没有到达之前，地主们时常散布谣言，说共产党要杀所有的人，掠夺一切财产，并且强迫所有的人跟着他们逃跑。因此，红军每到一个地方，当地的人非常稀少，但经过三四天的宣传之后，大批的群众就回来了。

1935年8月15日，红25军进入甘肃静宁县回民聚居的兴隆镇。为尊重回族人民的宗教信仰和风俗习惯，部队在进入兴隆镇之前，进行了党的民族政策教育。红25军的民族政策得到回族同胞的拥护，回族群众像迎接亲人一样欢迎红军的到来。尤其是这几位女战士，

更受到了回、汉族妇女的特
殊优待。她们怀着无比羡慕
和敬仰的心情，热情地将女
战士们拉到家里去，请她们
吃饭，像对待亲姐妹一样。

女战士们还在医院院长
钱信忠的带领下，深入到群
众家里，热心为病人治病。
她们的实际行动，使当地回族人民深受感动，连声夸
赞"红军好"。3天后，部队离开兴隆镇时，男女老幼
站满街道两旁，敲锣打鼓，鸣放鞭炮，端着点心油果，
为红军送行。

"五仙女"远征到陕北

在战斗频繁、工作紧张、宣传任务繁重的情况下，
曾纪兰、曹宗楷倒下了。她们默默地长眠在漫漫征途
上，像大别山一样朴实无华，山风吹拂着她们，绿水
环绕着她们，草木和四季陪伴着她们。曾纪兰、曹宗
楷的倒下，没有吓倒其他的几个人，她们继续走在长
征路上。道路坎坷，征途漫漫。红25军转战到达陕甘
边境的黄土高原时，发生了严重的粮荒。没有粮食，
战士们经常挨饿，只得向当地群众购买一些土豆和作

马料用的黑豆来充饥。当地缺水，土豆就连皮带泥蒸熟吃。部队翻山越岭走了几天，许多战士饿得甚至昏倒在路上。5名女战士以坚强的意志战胜了艰难困苦，于1935年9月15日，随着大部队来到陕北延川县永坪镇，同刘志丹率领的红26、27军胜利会师。

（张国华　高嵩）

背着发电机走长征

在江西于都至今传诵着长征老红军谢宝金当年背着发电机走长征的故事。谢宝金，1.89米的个头儿，很有力气，年轻时能挑150公斤。1932年参加红军，那时他已36岁，结婚好几年了，家里还有3个儿子。参加红军后，他被选到中央军委情报部技术股工作，主要任务就是和战友一起管理军委发报用的发电机。那台发电机68公斤是手摇的，别人摇不动，只有他才能对付得了。

1934年10月上旬，中央红军长征临行前，一位首长对谢宝金说："这些设备是中革军委的'耳朵'和'眼睛'，你要确保万无一失。""首长，你放心，我一定会像保护自己的生命一样来保护它们。"随后，谢宝金跟随毛泽东、朱德、周恩来，踏上了漫漫长征路。

当时，中央军委只有一台发报机和一台发电机。中央派了一个128人的加强连保护这些设备。开始有8个人轮着抬发电机走，有时，谢宝金也会一个人背着它走。可长征一路打仗，连队伤亡的战士越来越多，抬发电机的人也越来越少。到过草地前，一个128人的加强连只剩下谢宝金、段九长和钟起汉3个人了。谢宝金见战友一个个倒下，眼睛都红了："就是剩下我一人，也要背着它走到底！"于是谢宝金毫不犹豫地背起了发电机与其他两位战友继续上路。

谢宝金背着发电机走一般的路，哪怕是翻山越岭也从来没有掉过队。但是要过草地了，面对深不可测的沼泽地，看着一个个红军战士陷进去再也没有起来，他犯了难："更何况还背着一台68公斤重的发电机呢，怎么过草地呀？"忽然灵机一动，砍来黄竹，用铁线把它捆成一个竹排，将发电机放在竹排上，人在前面用绳子拖，没想到这办法还真管用。

过草地时，谢宝金把发电机拖过去之后，又返回来背十三四岁的小红军过草地，当时称他们为"红小鬼"。在长征路上，他究竟帮了多少"红小鬼"，他自己都记不清了。

这样，谢宝金凭着超人的毅力，克服重重困难，终于把发电机背到了延安。一到延安，红军开了一次有3万人参加的庆祝大会。在大会上，毛主席对大家说："长征路上，不少红军战士扔了东西，而谢宝金一样不少。他是一个长征模范。"

在延安期间，谢宝金做了延安生活合作社主任。1949年，谢宝金进北京，被分配到总参工作，负责管理金库，保管各地收缴来的反动派的财物。

1952年，谢宝金因患肺结核病，从北京转业回到了家乡于都。回到家乡后，被安排到食品站工作。在站里，他干削牛皮的活儿，就是每天把牛皮收上来后，负责把牛皮削干净。这个活儿又脏又腥又累，特别是一到夏天，牛皮臭气熏天，苍蝇成堆。有人看不过去，说："怎么把一个老红军派去做这样的事？"谢宝金却反问人家，"什么活都要有人干呀，我怎么不能干？"就这样，他在食品站削了几十年的牛皮，一直干到76岁才退休。

从1934年10月到1935年11月，我们的红军先辈们，一边打仗一边行军，一路历尽艰难险阻，长驱二万五千里，终于从江西于都到达陕北延安，开始了新的革命征程。毛主席讲，长征是宣言书、是宣传队、是播种机，"是历史记录上的第一次"。它雄辩地证明，中国共产党领导下的人民军队是不可战胜的。随着时间的推移，参加过长征的人已经所剩无几了，但长征精神是一座丰碑，充分显示出共产主义事业无比强大的生命力，它激励、教育着一代又一代年轻人。长征精神，永放光芒！

老红军廖鼎琳的长征故事

红军长征中在炮兵营当警卫员的廖鼎琳打仗不多，却见证了一次次战斗的惨烈。"湘江战斗那个惨啊，清水河流成红水河。"后来，从党史资料中，廖鼎琳知道了关于那场战斗的数字——渡过湘江后，中央红军从长征开始时的8.6万余人，锐减为3万余人。

"那个时候装备比红军初创时期要好一些！"廖鼎琳说，第一次反"围剿"的时候，用的都是土炮，有种"松树炮"是把松树干挖空装上火药和石砂制成的。打完仗不能撤，还要捡子弹壳，捡回去填药再用，不过"填的药不好使，打不了多远"。战士的子弹袋里大部分是空子弹，"只有几发是真的"。但湘江之战时我们的装备与敌人相比还是相距太大啊！

"一天中不是打仗就是走路。"廖鼎琳当警卫员少吃了一些苦——被子可以放在首长的马背上，上山走累了还可以拉着马尾巴走。但他还是掉了一回队。那是在过了金沙江后不久，"不知啥病，吃不下东西，还拉肚子"。身后的收容队不断打枪警示："敌人来了，快跑！"在战友小马的搀扶下，廖鼎琳鼓励自己向前走、不要停下。

强渡大渡河，廖鼎琳所在的炮兵营立下了大功。红1团的勇士们组成渡河突击队进行强渡的同时，岸上轻重武器火力掩护，炮兵营营长赵章成操纵迫击炮，弹弹击中对岸敌人碉堡。营长因此得到了"神炮手"的美名。

红1军团是中央红军的先头部队。廖鼎琳说："走在前面的部队粮食吃完了还能挖野菜，后面的部队连野菜都难找啊！"

廖鼎琳说，过草地红军战士都饱尝了饥饿的滋味。刚进入藏区的时候还能搞到牛羊，大块大块的肉放在从敌人那里缴获来的大桶锅里煮，虽然"没有盐、没味道"，也不失为难得的大餐。草地里就没那么幸福了，那时青稞只有八九分成熟，部队要求每个人背一捆柴火和7天的干粮。"开始一两天，烧开水煮青稞吃。后来没柴火了就吃生的，到最后生的青稞也没有了，就吃点野葱野蒜充饥。"廖鼎琳说，当他们到达班佑后看到零零星星的"牛屎房子"，激动得欢呼起来——有人家的地方，就有希望筹到粮食了。

部队到达陕北，廖鼎琳进入抗大学习军事、文化，随后走上了抗日前线。长征路上懵懵懂懂的小战士，逐渐成长为一名优秀的指挥员。

亲历艰难翻越党岭山

人物简介：杨学福，四川省巴中县人，1918年7月生，1933年1月参加革命，1937年1月加入中国共产党。任排长、科长、人武部部长等职，现为黑龙江省军区哈尔滨第二干休所正师职离休干部。

1935年6月，毛主席和周副主席、朱总司令率领的红一方面军，冲破蒋介石几十万大军的围追堵截，在川西懋功地区与红四方面军胜利会师。

两军会师后，本应该执行党中央的正确方针，立即北上。但是，由于当时四方面军的主要领导人张国焘坚持逃跑主义路线，以种种借口百般阻挠红军北上，致使红军遭受重大损失。那时，我仅16岁，虽对这些政治上的大问题不大懂，但是我走过了那难以想象的艰难路程，亲眼看到了无数个战友倒下，心里总觉得不太顺。当时尽管想不通，也只能跟着走。

一天，部队向党岭山前进。部队到达党岭山脚下，停下来休息时，我们环顾着周围山峰的奇景：北山是一片片、一丛丛的树林；南山的东半部分是悬崖陡壁，长着稀稀疏疏的小树，西半部分是光秃秃的乱石山，很难看出有人从这里通过的痕迹，再往上看是银光四射的冰峰。不一会儿，连里通知让生火做饭，大家放下携带的东西，拣柴的拣柴，找水的找水，即刻燃起了千百堆篝火。有的同志一边做饭，还一边哼着家乡小调。这时，通信员传达上级指示：每人做一个火把，准备出发。

太阳渐渐躲到了山后，山谷里也变得黑乎乎的了。部队点燃火把，向着那光秃秃的乱石山前进。乱石山没有道路。稍不注意踩到浮石上，就有可能与石头一起滚下山去。过了雪峰线，就像进入了另一个世界，皑皑冰雪与漆黑夜空相映。同志们擎着火把一个跟一个地前进，远远望去似一条伏在山坡上的巨大火龙。行进中战友们有说有笑。越往上走，天气越冷，行进速度越慢，说话的人也愈来愈少了。由于空气稀薄，大家的喘息声和摔跤的声音就显得更加清晰了。就在人们拖着沉重的步子艰难地前进时，一阵狂风暴雪，夹杂着碎石，猛兽般向我们扑来。当时，我们眼睛不敢睁，呼吸十分困难，多数火把已熄灭，不少体力差、患疾病的同志难以支持，有的被暴风雪卷进山涧。我听到一个同志低声说："同志们，咱们慢慢走，可不能停呀！"不一会儿，一个沙哑微弱的声音断断续续地说："你们走吧！我怕是过不去了……"我顺着声音看去，只见他话还没说完，就一头栽倒在雪坑里。一路上我看到许多熟悉的面孔，就这样永远长眠在这冰雪世界中。

经过一夜的搏斗，终于踏上了党岭山的脊梁。上山容易下山难。由于山坡陡，冰雪滑，一不小心就有可能摔倒，滚进山涧，或者掉进雪坑。为了减少牺牲，大家你拉着我，我扯住你。遇有陡坡就用背包绳拽着慢慢往下滑。就这样，又有一些同志献出了宝贵的生命。到了山下各单位清点人数，我们连牺牲了好几位战友。

因为张国焘的错误路线，使许许多多战友的尸骨埋在了冰峰上。70年过去了，每当回想起当时的情景，我就感到哀伤、愤恨。

老红军向守志忆长征

人物简介：向守志，历任师长、军参谋长、军长、炮兵技术学院院长、炮兵副司令员、第二炮兵司令员、南京军区副司令员、司令员等职。1955年被授予少将军衔，1988年被授予上将军衔。

长征途中学会纺羊绒

1935年3月，向守志所在的红9军与红30军、红31军主力，兵分三路，强渡嘉陵江天险，向西挺进，拉开了红四方面军长征的序幕。为早日与中央红军会合，他肩扛一挺重机枪，几乎是天天行军，天天打仗。6月中旬部队到达了懋功，开始作会师的准备。军部要求每个战士都要准备一份礼物，在会师时赠送给中央红军的战友，官兵们上上下下开始忙碌起来，有的准备了羊皮及自捻的羊毛绒，有的准备了皮套筒。当时18岁的向守志就在那时学会了纺羊毛绒、编织手套。他先把羊毛撕得匀匀的，再把羊毛捻得又细又长，又把羊毛线密密实实地编织成毛衣、毛裤、毛袜子和毛手套。虽不怎么好看，但在日后过雪山草地时起了很大作用。

第一次与毛主席见面

1935年6月18日在小金川岸边，终于迎来了历尽艰辛的中央红军。在这里，向守志第一次见到了毛主席。"我记得，他身穿灰色棉大衣，身材高大略显消瘦，满头黑发随风吹动，面带微笑不停地向夹道欢迎的官兵挥手致意。"一直到70年后的今天，向老说，与毛主席的这次见面他还历历在目。两大主力会师，红军的力量更加强大。大家一起唱歌，交换礼物，那一段时间，红军官兵都沉浸在会师的喜悦中。

三过雪山草地身体冻僵

两大红军主力会师不久，张国焘拒绝执行中央的北上战略，命令红四方面军掉头南下，再次踏入荒无人烟的大草地。"南下是绝路"，敌军大兵压境，加上漫天大雪，红军战士的心头像被磨盘重重地压着，后来红四方面军不少人已意识到南下的错误，积极响应党中央的号召，再次踏上北上的征程。

第三次过夹金山是在1936年6月，夹金山虽然只有海拔三千多米，可终年积雪，气候条件十分恶劣。当地有句民谣形容夹金山："正二三，雪封山，鸟儿飞不过，神仙也不攀"。向老说，爬雪山时，寒冷、狂风、冰雪迎面砸来，那时红军官兵都身穿单衣翻越雪山，高山反应十分严重，挪动一步都十分困难，他携带武器装备和干粮，踏着没膝的厚雪，每抬一脚似有千斤重。翻越了夹金山，还没来得及喘口气，一座海拔五千多米的党岭山又横在他们面前，一些年龄大、身体弱的红军战士，走着走着就走不动了，突然倒在雪地里，就永远起不来了。

向老回忆，爬雪山在红军生涯中是苦到了极点。过了雪山后，他的嗓子完全哑了，身体冻僵了，坐下来就失去了知觉，是战友们点上篝火慢慢地把他烤醒过来的，那时他的手、脚全都冻烂了，很多战友还得了雪盲症。

过了雪山是草地，在草地上行走，方圆二三十平方米的地面都在摇动，草地看上去是一层草，下面则是泥水，竹竿往往插不到底，在上面行走，一不小心便会陷入沼泽中。向老将军所在的红四方面军在这片雪山草地上就这样来来回回走了3次。

一边长征一边战斗

长征途中，红军将士不仅同天斗、同地斗，还要同国民党军斗。当时蒋介石派重兵对红军围追堵截，红军将士几乎天天行军、天天打仗。向老现在回忆起长征途中的几场战斗，心潮还难以平静。

百仗一战是张国焘分裂中央想打开南下道路的一场激烈战斗，向守志那时当机枪班长，机枪班是重火力点，敌人最怕也最恨，因此机枪手伤亡最大，一个班10名战士最后打得只剩3人。这场战斗，红军伤亡近万人，向守志也挂了彩，手臂被敌炮弹弹片划开了一道口子，鲜血直流，经卫生员简单包扎后，他又抱着机关枪继续向冲击的敌人猛烈扫射。

另外一场战斗是红军刚刚走出草地时，争夺甘南、围攻岷州。当时向守志在红9军27师担任副排长，他所在连队负责攻打城东南关。守城的鲁大昌的部队每人手中有两件武器：一支快枪和一把大刀。战斗的第一天，一股敌人手拿大刀突然从城内杀出来偷袭红军，人数很多，个个来势凶猛，他最先发现这一敌情，一面大声呼喊："敌人来啦"，一面端着上了刺刀的步枪同敌人拼杀，连续刺死几个敌人，后面的战友闻声而来，一起同敌人展开肉搏战。因为及时发现敌情且作战勇敢，这一仗打完后，向老受到了上级的通报表扬。

被"保送"进红军大学

1936年10月，红一、红二、红四方面军分别在会宁、将台堡胜利会师。这次会师，使古老的会宁城沉浸在一片节日的气氛中，朱总司令带领红军将士入城时个个热泪盈眶，向欢腾的人群挥手致意，用哽咽的声音喊着"中国共产党万岁！红军胜利会师万岁！"至此，长征画上了圆满的句号。

时任副排长的向守志，因作战英勇、机智灵活，加上读过四年私塾，被团队首长点名送进红军大学庆阳步兵学校学习，开始了全新的学习和战斗生活。当时的红军大学分3个科，军师级干部在高级科，团营职干部有中级科，连排职干部在初级科。向守志当时被安排在初级科，主要学习统一战线、政治常识、组织建设、军事战术等知识。

长征途中苦中作乐

高原运动会

红军在炉霍期间，为了活跃长征途中的部队生活，鼓舞士气，朱德总司令倡议举行一场别开生面的运动会。在这次运动会上，最别出心裁的项目要数朱总司令提议增设的烧牛粪比赛了。

这次运动会内容十分丰富，有球赛、赛跑、跳高、跳远、跨越障碍，有刺杀、投弹、骑兵表演，也有识图、测距、识别和利用地形地物。整个比赛场上，掌声、笑语、刺杀的吼声、战马的嘶鸣声交织在一起，其势犹如云水翻卷，风雷激荡。

运动会从5月1日开始一直到5月3日。5月3日下午，进行了最后一个项目：烧牛粪比赛。这是朱总司令建议增设的一个项目。因为部队不久就要进入草地了，朱老总根据自己的经验，得知茫茫草地不但无粮可补，有时连柴火也难找到，只能用牛马粪作燃料，用来烧水作饭。他对大家说："别小看这烧牛粪，不懂门道还真烧不好。"

这个项目的比赛规则是，看谁先点着升起火苗。比赛开始了，随着点火的信号声响起，数千名红军战士几乎在同一时间划着了火柴。一会儿，宽阔的平地上到处冒起了青烟。青烟越拉越长，越滚越大。数千条烟龙汇合在一起，翻动飞腾，直上青天。一直在观看比赛的朱总司令和徐向前总指挥，不时发出爽朗的笑声。他们高兴的是，广大红军指战员又掌握了一项草地生存的本领。

织毛线活比赛

1935年4月27日，贺龙、任弼时等率领红二、六军团胜利渡过金沙江。朱总司令闻讯，立刻领衔发去贺电。

喜讯传开，炉霍顿时成了一片欢乐的海洋。高兴之余，大家心里又犯难了：战友就要到了，他们历尽艰辛，远道而来，总该有份礼物表表心意吧！可当时四方面军的同志，在川康一带的雪山草地转战数月，除了身上褴褛的衣衫外，哪里还能拿出一件像样的东西？

又过了3天，总供给部传来一个通知：让各单位派人去领羊毛。原来，自从得到即将和二、六军团在甘孜会师的消息后，朱总司令和总部其他首长一起就怎样做好迎接二、六军团的工作作了具体、周密的安排。朱总司令考虑到二、六军团的同志从南方过来，不久就要进入人烟稀少，气候多变的草地，迫切需要御寒的衣物。他指示供给部门，迅速把以往缴获的羊毛分到每个指战员手中，动员大家织袜子、手套、毛衣、毛裤，作为会师的见面礼。

在朱总司令的倡导和带动下，红四方面军从上到下开展起一个热火朝天的织毛线活比赛。经过一段时间的摸索实践，一件件成品从官兵们手中源源不断地产生并交了上来。朱总司令看后十分高兴，经常表扬一些织得快、技术好的同志，还组织各单位推荐一些质量较高的毛线织品，让大家互相传着学习。

铁流两万五千里

——红军长征的故事

红二、六军团转战湘、鄂、黔、滇、康5省后，于6月抵达甘孜。会师那天，当红军总部和四方面军的指战员郑重地献上早已准备好的两万余件羊毛织品时，红二、六军团的同志们深受感动，眼里含满了难以抑制的喜悦泪水。

担架上拔河

1935年2月，为掩护中央纵队渡过湘江，红三军团5师15团团长白志文不幸被敌人的子弹击中了右肺，进入中央纵队休养连的伤员班被担架抬着随队前进。

除了白志文外，当时的伤员班有5个人：被炸伤了左胸的团长李寿轩，被炸断了一条腿的师政委钟赤兵，被炸伤了一只脚的师长张宗逊，被炸伤了腰椎的团长文年生，在一次战斗中伤了左腿的团长姚喆，都是伤势很重的重伤员。

部队渡过金沙江后，彻底把敌人甩在了金沙江的对岸，行军途中歌声笑声也多了起来。虽说伤员班的人员都是团以上干部了，但也都是二十多岁的小伙子，躺着几天不说话，憋得实在难受。

"白团长，唱支歌子吧，躺得心烦……"李寿轩团长侧躺在担架上对白志文说。听了李团长的话，白志文扯开嗓子唱了起来："十月里来秋风凉，红军准备远征忙，星夜渡过于都河，新田古陂打胜仗！"

白志文一唱完，立刻就喊："姚团长的江西民歌唱得好！"钟政委、李团长马上响应，逼得姚团长唱了起来："送得哥哥前线去，做双鞋子送给你，鞋上绣了7个字，红军哥哥万万岁！"

听他们这么一闹，伤员班的同志们都扯开喉咙唱了起来。直到大家唱得都没了词，姚团长提议到："能搞点体育活动就好喽！躺着不动，全身酸疼。"

白志文灵机一动，顺手把一只拐杖伸到他的担架上说："咱俩拔河比赛！"姚团长抓住了白志文的拐杖，双方较上了劲。白志文因为肩上有伤，不敢用劲，被姚团长一下子拽下了担架。担架员急忙把白志文扶上去说："首长摔坏了，我们可负不起责任。"

白志文说："为了不使担架员同志为难，到了宿营地，咱俩再拔，三局二胜！"

第二天，部队到了一个村子里宿营后，他俩又赛上了，最终还是姚团长把拐杖夺了过去。（赵琼）

铁流两万五千里

——红军长征的故事

中华魂·百部爱国故事丛书
提　要

《誓与禁烟相始终——民族英雄林则徐》

林则徐严禁鸦片，坚决抵抗西方列强的侵略，坚持维护国家主权和民族利益。他是中国近代历史上第一位睁眼看世界的人，是抗击帝国主义殖民侵略的第一人，是中华民族抵御外侮过程中伟大的民族英雄。

《血洒虎门御敌寇——抗英将军关天培》

民族英雄关天培，在第一次鸦片战争中为了抗击英国侵略者的入侵而血洒虎门，为国捐躯，谱写了一曲可歌可泣的英雄赞歌。关天培用他的生命，书写了中国人民反抗外侮的历史。

《威震镇海靖节魂——抗敌英雄裕谦》

在第一次鸦片战争期间的众多牺牲者中，有一位官阶最高，他就是两江总督裕谦。裕谦与外国侵略者斗争立场坚定，与国内妥协派、投降派斗争态度坚决。裕谦督战镇海，与英国侵略军浴血奋战，临危不惧，以身报国，浩气长存。

《斩邪留正解民悬——太平天国领袖洪秀全》

农民出身的洪秀全，从失意文人到起义领袖，经历了长期的思想演变过程，在外敌入侵、清朝政府腐朽的历史环境之下，顺应时代的潮流，成长为一位非凡的历史英雄人物，建立了与清朝政府相抗衡的农民政权——太平天国。

《仰承汉唐　荟萃中外——近代数学家李善兰》

李善兰是我国 19 世纪重要的科学家之一，在数学、天文学、力学等方面都有重大建树。他继承了我国古代数学的成就，又以极大的热情传播西方科学文化，"仰承汉唐，荟萃中外"，把自己的一生献给了科学事业。

《严谨治学　勇于探索——近代著名数学家华蘅芳》

华蘅芳，中国近代数学家之一。其精通中国古算学，并熟练掌握西方近代数学，是中国验证抛物线并著书立说的参与者。为了证明"外国有的，中国也能造"而鞠躬尽瘁，在引进西方科学技术、传播科学知识上贡献卓著。

《折冲樽俎护山河——近代著名外交家曾纪泽》

曾纪泽是中国近代史上著名的爱国外交家，在中俄伊犁交涉事件中，他秉承抵抗列强、保卫国家的坚定意志，利用外交手段全力同沙俄抗争，捍卫了国家主权、民族尊严，收回了祖国的领土，在近代中国外交史上留下了光辉的一页。

《甲午海战留英名——民族英雄邓世昌》

邓世昌，北洋水师名将。本书以邓世昌的成长过程为线索，以代表性的历史故事为主要内容，还原真实的历史事件，突出鲜明的人物性格。邓世昌因在中日甲午海战中突出的英雄气概而名垂史册，书写了伟大的爱国主义篇章。

《誓与舰队共存亡——北洋水师提督丁汝昌》

丁汝昌处在清朝政府的腐朽和李鸿章的专断下，难以施展爱国的抱负，壮志未酬，愤恨而终。但丁汝昌为建立近代海军作出的巨大贡献，带领北洋舰队爱国官兵勇抗强敌的英雄事迹，将永远为后代所传颂。

《镇南关上凯歌扬——抗法老英雄冯子材》

1885 年中法战争中，年逾古稀的冯子材为抵御外国侵略，勇赴国难，大败法军于镇南关，并乘胜追击，接连收复文渊、谅山等地，从根本上扭转了中法战争的局面，成为近代民族英雄的杰出代表。

《屡败法军逞英豪——黑旗军将领刘永福》

刘永福是黑旗军的创建者，是农民出身的杰出军事家、政治活动家。在19世纪发生的援越抗法、中法战争中，他率部与帝国主义侵略者进行了殊死的战斗，建立了卓越的功勋，成为我国近代史上著名的民族英雄，为后世所景仰。

《矢志变法强国家——戊戌变法领袖康有为》

康有为是清末民初最有影响力的思想家之一。他领导了中国知识界的启蒙运动，掀起了一场自上而下的政体改革。他最早在中国提出了立宪政体和具体的宪政方案，主张在坚持儒家传统和帝制的前提下，学习西方经验，他的进步思想对近代中国具有深远的影响。

《开民智以报国 普新知而图强——戊戌变法思想家梁启超》

梁启超，中国近代史上著名的政治活动家、启蒙思想家、史学家、文学家，戊戌变法领袖之一。本书以百日维新思想家梁启超的成长过程为线索，以代表性的历史故事为主要内容，还原真实的历史事件，突出鲜明的人物性格。

《我自横刀向天笑——维新志士谭嗣同》

谭嗣同在民族危机的严重时刻，投身改革救中国的洪流。为了带给祖国一个光明的未来，紧要关头，他挺身而出，用自己的鲜血激励后人，把宝贵的生命献给了变法事业。

《睡乡敢遣警世钟——用生命警策国人的陈天华》

陈天华是民主革命的活动家和宣传家。他写的《猛回头》《警世钟》等书，起到了革命启蒙的重大作用。为了激发留日学生的爱国情怀，他不惜投海自杀，演出了近代史上感人至深的一幕，给后人留下了难忘的印象。

《革命军中马前卒——民主斗士邹容》

革命乃"至尊极高，独一无二，伟大绝伦之一目的"；它是"天演之公例，世界之公理，顺乎天而应乎人"的伟大行动。因此，必须"仗义群兴革命军"。他激情高呼："革命独子万岁！中华共和国万岁！"这就是《革命军》的作者，中国近代著名资产阶级革命宣传家邹容。

《休言女子非英物——鉴湖女侠秋瑾》

为民族解放和妇女解放而英勇斗争的秋瑾，冲破封建礼教的思想牢笼，打碎封建精神枷锁，崇仰真理，追求光明，主张共和，坚持男女平等，最终献出了自己年轻的生命。

《血溅校场 杀身成仁——民主斗士徐锡麟》

本书讲述了反清志士徐锡麟弃文从武、投身反清革命事业，最终被清政府杀害的故事。出于对国家的热爱，徐锡麟献出自己的生命，他的事迹将永远激励后人深切缅怀这位民主革命的先驱。

《生可死耳 我志长存——献身民主的禹之谟》

禹之谟，民主革命党人，同盟会会员，近代资产阶级革命家、实业家。1886年，20岁的禹之谟"提三尺剑，挟一卷书"游历四方，研究西方社会政治学说，忧国忧民之心日趋强烈。戊戌变法失败，他丢掉改良幻想，倡革命救亡之说，走上民主革命道路。

《物竞天择 适者生存——资产阶级启蒙思想家严复》

严复是中国近代著名的启蒙思想家、翻译家和教育家。他长期从事教育和翻译事业，为近代中国人才培养和思想启蒙做出了重要贡献，同时他也为中国的翻译事业和中西思想文化交流做出了重要贡献。

《辛亥革命急先锋——资产阶级革命家黄兴》

黄兴，清末民初资产阶级革命家，中华民国开国元勋。黄兴在武昌首义及辛亥革命时期的爱国表现，与孙中山闻名于当时，常被时人以"孙黄"并称。本书以资产阶级革命活动实干家黄兴的成长过程为线索，歌颂了先辈伟大的爱国主义精神。

《矢志革命 百折不回——近代民主革命家廖仲恺》

廖仲恺追随孙中山踏上了创立民国与捍卫共和制的旧民主主义革命

铁流两万五千里
——红军长征的故事

之路；在新民主主义革命时期，他为建立、巩固首次国共合作和实施三大政策，英勇奋斗，为国殉职，洒尽了一腔热血。

《将军拔剑南天起——护国英雄蔡锷》

蔡锷是中国近代史上的杰出军事家、爱国者。他的一生短暂而伟大。辛亥革命爆发，他毅然投身于革命洪流之中，领导云南重九起义，对武昌起义积极响应。袁世凯窃国复辟、恢复帝制的阴谋暴露出来以后，他又毅然举起了武装讨袁的旗帜。

《反帝反封建运动——五四青年的爱国故事》

五四运动是一次伟大的反帝反封建的爱国运动；是一个伟大的历史转折点；是中国人民的斗争从挫折走向胜利的一个关节点，它为中国的前进开辟了一条全新的道路，拉开了中国新民主主义革命的序幕。

《思想自由　兼容并包——著名教育家蔡元培》

蔡元培是中国近现代著名的民主革命家和教育家，一生经历风雨，却始终信守爱国和民主的政治理念，致力于废除封建主义的教育制度，奠定了我国新式教育制度的基础，为我国教育、文化、科学事业的发展做出了富有开创性的贡献。

《为国家争光　为民族争气——中国铁路之父詹天佑》

詹天佑是我国最早的杰出铁道工程师，因主持建造京张铁路而闻名中外，被誉为"中国铁路之父"。他为祖国的铁路事业贡献了毕生的精力。本书向读者展示了詹天佑热爱祖国、科技兴国的辉煌人生。

《实业救国　衣被天下——轻工之父张謇》

张謇是爱国实业家、教育家。他年轻时中过状元。过了40岁，开始投身工商实业活动中，他的名言是"富民强国之本在于工"。在南通，创办大生丝厂、银行等各种实业。并将创办实业的大部分所得投入教育。他的观点是，教育和实业一样，也是"富强之大本"。

《心向革命　追求光明——平民将军冯玉祥》

冯玉祥将军"是一位从旧军人转变而成的坚定的民主主义战士"。

抗日战争期间，他辗转各地，用实际行动积极抗战。日本战败投降后，他为了断绝美国的援蒋内战，又在美国四处演说，揭露蒋介石统治之黑暗，痛斥美国阴谋分裂中国的不良行为。

《刑场上的婚礼——革命烈士周文雍　陈铁军》

周文雍是广州起义的主要领导人之一。陈铁军出身于华侨商人家庭，却毅然投身革命洪流。1928年1月，两人接受派遣，回到广州假扮夫妻从事革命斗争，却不幸被捕。临刑前，两位烈士将敌人的枪声当作自己婚礼的礼炮，用生命和爱情谱写出一曲千古绝唱。

《星星之火　可以燎原——井冈山斗争的故事》

1927—1929年，毛泽东、朱德等老一辈革命家，在井冈山创建了农村革命根据地，进行了艰苦卓绝的斗争，建立了新型革命武装，点燃了工农武装革命之火，找到了农村包围城市最后夺取政权的中国革命的正确道路。

《新民学会的主要发起人——中国共产党早期革命家蔡和森》

蔡和森青年时期曾与毛泽东等人一起组织进步团体新民学会，参加五四运动，并在赴法国勤工俭学时研读大量马克思主义著作，回国后以满腔热忱投身革命事业，成为中国共产党早期重要的理论家和宣传家。

《威震黄浦江畔　高奏抗日壮歌———·二八淞沪抗战》

面对日本侵略者的挑衅，十九路军在蒋光鼐、蔡廷锴的带领下，高举义旗，奋力一搏。一·二八淞沪抗战，是中国军人捍卫军人荣誉和祖国尊严所发出的吼声，谱写了一曲抗击日军侵略的英雄壮歌。

《将军恨不抗日死——慷慨就义的吉鸿昌》

在国难深重的20世纪30年代，吉鸿昌将军因拒绝执行国民党指示，坚决不打内战，被迫携眷出国"考察"。回国后，他加入中国共产党，组织了民众抗日同盟军，英勇打击日本侵略者，后于1934年11月被国民党反动派杀害。

铁流两万五千里

——红军长征的故事

《献身革命　甘于清贫——梅岭忠魂方志敏》

大革命失败后，方志敏凭着"两条半步枪"起家，身经百战，创建了赣东北革命根据地和红十军。本书真实记录了方志敏投身于革命、领导红军和敌人进行艰苦卓绝斗争的经历，歌颂了烈士贫贱不移、威武不屈、献身革命的高尚品质。

《奏响中华最强音——人民音乐家聂耳》

聂耳在他有限的生命中创作了数十首革命歌曲，在抗日救亡运动中，聂耳的这些歌曲产生了广泛深远的影响。他的音乐创作为中国无产阶级革命音乐的发展指明了方向，树立了榜样。

《横眉冷对千夫指——中国文化革命主将鲁迅》

鲁迅不但是伟大的文学家，而且是伟大的思想家和伟大的革命家。在那风雨如晦的黑暗年代里，他以笔为投枪，同一切帝国主义和反动派进行了顽强的战斗，为中国人民树立了一个不朽的丰碑。他是新文化战线上的一面光辉旗帜，是我们伟大民族的灵魂。

《铁流两万五千里——红军长征的故事》

红军长征是人类历史上的一次伟大的壮举。第五次反"围剿"失败后，中国工农红军的三大主力在极端艰难的条件下，突破国民党军队的围追堵截，进行了史无前例的战略大转移，总行程达两万五千里以上。途中发生了许多动人故事，至今令人难以忘怀。

《荣辱不移革命志——创建陕北红军的刘志丹》

刘志丹是杰出的无产阶级革命家、军事家，西北红军和西北革命根据地的主要创始人之一。他一生热爱人民，追求真理，英勇善战，百折不挠，艰苦奋斗，忠心赤胆，为创建红军和革命根据地、为中国人民的解放事业建立了不可磨灭的功勋。

《英名永存北平城——爱国将领佟麟阁　赵登禹》

1937年7月28日，日军向北平郊区发动进攻。第二十九军副军长佟麟阁奉命在南苑率部与日军苦战，腿部受伤，头部被敌机炸伤，壮烈殉国。第一三二师师长赵登禹指挥部队顽强抵抗日军，右臂中弹负伤，仍继续作战。后在转移途中遭日军截击而牺牲。

《八百壮士　四行仓库铸军魂——谢晋元和他的战友们》

八一三抗战，中国军人以血肉之躯揭开全面抗战的帷幕。这是一场血战，是中国军人不屈不挠的英雄诗篇，其中的八百壮士守四行，成为这首英雄颂歌中最动人、最凄美的音符。一曲四行保卫战，铸就了不屈的军魂。

《八女投江　气贯长虹——八位抗联女战士》

抗日战争时期，以冷云为首的东北抗日联军8名女战士，为捍卫民族尊严，面对凶残的日寇，镇定自若，宁死不屈，投江殉国，表现了中华民族同敌人血战到底的英雄气概。她们的光辉形象，激励着千千万万的后来人。

《艰苦抗战　威震敌胆——著名抗日英雄杨靖宇》

杨靖宇将军是我国著名的抗日民族英雄。曾先后担任磐石游击队政治委员、东北抗日联军第一军军长兼政委、抗日联军总司令等职。领导军民对日寇坚持了长达9个年头的艰苦卓绝的斗争，最终以身殉国。

《死也不当亡国奴——镜泊抗日英雄陈翰章》

陈翰章，从1932年8月投笔从戎，直到1940年12月8日为抗击日本侵略者，战死在镜泊湖畔。他在抗日疆场上奋战了九年，他那可歌可泣的英雄事迹将为人们永世传颂。

《名将殉国　气壮山河——抗日将军张自忠》

著名抗日将领、民族英雄张自忠，生于忧患的时代，抱有"宁为百夫长，胜作一书生"的志向，经历过失败与低谷，最终成就了慷慨人生。本书主要以人物活动为主，勾画出一个真正的"民族魂"鲜活的人生，会带给读者振奋的力量。

《宁死不辱战士名——狼牙山五壮士》

1941年日寇在河北易县"扫荡"。为掩护群众和主力部队撤退，五位八路军战士毅然把敌人引上了狼牙山棋盘坨峰顶绝路。弹尽粮绝、无路可退，五位英雄纵身跳下了万丈悬崖，用生命和鲜血谱写出一曲惊天地泣鬼神的壮举。

《太行浩气传千古——抗日名将左权》

左权，中国工农红军和八路军高级指挥员，著名军事家。是八路军在抗日战场上牺牲的最高指挥员。名将阵亡，太行山为之垂首，全党为之悲痛。周恩来称他"足以为党之模范"，朱德赞誉他是"中国军事界不可多得的人才"。

《虎将兴关外　抗倭统雄师——抗联英雄赵尚志》

本书描写了久经考验的共产党员、东北抗联的创建者和主要领导人赵尚志，在艰苦卓绝的条件下，坚持抗战，威震敌胆，战功卓著，忍辱负重，忠贞不屈，为国捐躯的英雄故事，为青少年读者呈上一部爱国主义的佳作。

《黄埔之英　民族之雄——抗日名将戴安澜》

抗日名将戴安澜，先后参加保定、漕河、台儿庄、武汉、昆仑关等战役，作战英勇，屡建奇功；入缅作战，"扬威国外，藉伸正义"；守东瓜，复棠吉；殒身缅北，遗恨丛林，马革裹尸，成就了光辉的一生。

《爱国志士　民主先锋——新闻出版家邹韬奋》

本书讲述了邹韬奋献身新闻出版事业的奋斗历程，展现了一位新闻工作者坚定的革命信念和炽热的爱国主义精神，全心全意为人民服务、为读者服务的奉献精神，歌颂了他的高尚情操和优良品质。

《为抗战发出怒吼——人民音乐家冼星海》

人民音乐家冼星海，青年时期在巴黎求学，饱尝屈辱与磨难；学成后毅然回到多灾多难的祖国，用满腔热忱谱写激昂的音乐，鼓舞中华儿女的斗志；奔赴延安，谱写出不朽的名作《黄河大合唱》，发出中华民族抗日救亡的怒吼。

《全民皆兵　抗击日寇——抗日战争的故事》

中国人民进行的十四年抗战，是一百多年来中国人民反对外敌入侵第一次取得完全胜利的民族解放战争。这场战争是以国共两党合作为基础，有社会各界、各族人民、各民主党派、抗日团体、社会各阶层爱国人士和海外侨胞广泛参加的全民族抗战。

《捧着一颗心来　不带半根草去——人民教育家陶行知》

陶行知是我国现代教育史上伟大的人民教育家、教育思想家。他从青年起就立志献身教育事业，以"捧着一颗心来，不带半根草去"的赤子之心，为人民的教育事业鞠躬尽瘁。

《为民主与和平拍案而起——民主斗士闻一多》

闻一多早年与梁实秋等人发起成立清华文学社。赴美留学期间由对祖国的深深眷恋而创作著名的《七子之歌》。后在西南联大任教8年，积极投身于抗日运动和争取民主的斗争，发表了著名的《最后一次讲演》。

《铁窗难锁钢铁心——革命先烈王若飞》

王若飞是我党早期杰出的无产阶级革命家。在艰苦卓绝的斗争中，他出生入死，屡建奇功，以超人的睿智和胆略，在敌人的监狱中，同敌人展开了殊死的较量，为抗战的胜利和新中国的诞生做出了卓越的贡献。

《横扫千军　还我河山——抗联名将李兆麟》

李兆麟是东北抗日联军创建人之一，他率领抗日联军历尽千难万险与日本侵略者浴血奋战，在极其艰苦的条件下，保存了抗日联军的有生力量，为东北光复做出了重大贡献。

《锄头开出新天地——解放区大生产运动》

为了解决困难，渡过难关，党中央号召党政军民齐动手，开展大生产运动。中国共产党在其控制区域内发动的一场军队屯田和鼓励生产的群众运动，达到了自己动手丰衣足食，共度难关，既进行革命又进行生产自足的目的。

铁流两万五千里
——红军长征的故事

《生的伟大 死的光荣——女英雄刘胡兰》

刘胡兰，坚贞不屈的少年女英雄。生前对我国劳动人民的解放事业无限忠诚，在敌人威胁面前，大义凛然，毫无惧色，英勇牺牲，表现了共产党员的高贵品质。

《饿死不领美国救济粮——爱国知识分子的楷模朱自清》

朱自清作为爱国知识分子的典型，以锐利的笔锋直言痛斥反动政府的暴行，体现了他崇高的爱国情怀和不畏恶势力的精神品格。毛泽东曾给朱自清先生以高度评价："一身重病，宁可饿死，不领美国的'救济粮'"，"表现了我们民族的英雄气概"。

《为了新中国前进——舍身炸碉堡的董存瑞》

伟大的英雄，中国人民的儿子董存瑞，从儿童团长成长为一名光荣的解放军战士，在1948年解放隆化县城时，舍身炸碉堡，为新中国献出了自己年轻的生命。他的英雄形象永远留在人民心里。

《宁死不屈的共产党员——革命烈士江竹筠》

江竹筠，就是著名的江姐。1947年春，她负责《挺进报》工作，只几个月的时间，报纸就发行到1600多份，引起了敌人的极大恐慌。由于叛徒出卖，江姐不幸被捕，惨遭毒刑的残酷折磨，仍坚贞不屈。最后被特务秘密枪杀，年仅29岁。

《抗美援朝 保家卫国——志愿军的战斗故事》

抗美援朝战争是中国人民志愿军为援助朝鲜人民、保卫祖国安全，与美国为首的"联合国军"发生的战争。在朝鲜牺牲的志愿军烈士们，他们英勇的战斗事迹、保家卫国的精神值得我们发扬光大。

《上甘岭上壮烈歌——黄继光和他的战友们》

在1952年10月的上甘岭战役中，黄继光和他的战友们在零号阵地半山腰被敌机枪火力点压制，此时，黄继光身上已经多处负伤，手雷也已全部用光。为了完成任务，减少战友的伤亡，他用自己的胸膛堵住正在扫射的敌机枪射孔，为反击部队扫清了前进的道路。

《诗书印画　全入神品——国画大师齐白石》

齐白石出身贫寒，做过农活，当过木匠，后改学雕花木工，从民间画工入手，摹古人真迹，学诗文书法，融汇古今，而诗、书、印、画俱佳；他将中国画的精神与时代的精神统一得完美无瑕，使中国画得到国际的重视，无愧于"国画大师"的称号。

《毕生为文化而奋斗——中国第一出版家张元济》

张元济参与、主持和督导商务印书馆近六十年，使其从简单的印刷企业转变为当时中国教育出版的旗帜。张元济一生爱书，在中华大地动荡不安的年代里，他用自己对文化的热爱，续存着中华民族灿烂悠久的文明之光。

《独树一帜　梨园大师——著名京剧表演艺术家梅兰芳》

梅兰芳，京剧大师，演唱风格独树一帜，世称"梅派"。曾先后赴日本、美国、苏联演出，并荣获美国波摩那学院和南加州大学的荣誉文学博士学位。作为一位爱国者，抗战期间蓄须明志，拒绝为日本人演出，为后世称颂。

《华侨旗帜　民族光辉——爱国侨领陈嘉庚》

陈嘉庚是著名的爱国华侨领袖、企业家、教育家、慈善家、社会活动家。他为辛亥革命、民族教育、抗日战争、解放战争、新中国的建设做出了卓越的贡献。生前被毛泽东誉为"华侨旗帜、民族光辉"。

《向雷锋同志学习——伟大的共产主义战士雷锋》

雷锋，一个平凡而伟大的共产主义战士，一心向着党，一生秉承着全心全意为人民服务、无私奉献的崇高思想；发扬刻苦学习和钻研理论的"钉子"精神；坚持勤俭节约、艰苦奋斗的优良作风。毛泽东为其题词："向雷锋同志学习。"

《人民的好公仆——县委书记的好榜样焦裕禄》

焦裕禄，被誉为县委书记的好榜样。他用自己的革命精神，展开了与大自然、与社会落后现象、与病魔的多重抗争，让我们领略到一个共产党人的生之伟大、死之壮美的人格品质和具有现实教育意义的精神魅力。

《文学巨匠 京味大师——人民作家老舍》

老舍是我国现代小说家、文学家、戏剧家。他用融入骨髓的真诚文字反映生活的喜怒哀乐。老舍的一生，总是在忘我地工作，他是文艺界当之无愧的"劳动模范"，生前被北京市人民政府授予"人民艺术家"的称号。

《革命老人——无产阶级教育家徐特立》

徐特立是一代伟人毛泽东的老师。他出生在贫苦家庭，大部分时间生活在动荡艰苦的年代；他刻苦勤奋，不畏艰辛，追求光明，一生勤俭，为革命培养了大量的人才；他对党和人民任劳任怨，鞠躬尽瘁。他坎坷奋斗的一生，留下了许多可歌可泣的故事。

《人生能有几回搏——新中国第一个世界冠军容国团》

容国团先后担任中国乒乓球队运动员、女队主教练。获得1959年男子单打世界冠军；1961年夺得男子团体世界冠军；作为中国女队主教练，1965年率女队第一次夺得女子团体世界冠军。他的"人生能有几回搏"的豪言，举国传诵。

《石油工人一声吼 地球也要抖三抖——铁人王进喜》

王进喜，新中国第一批石油钻探工人。他为祖国石油工业的发展和社会主义建设立下了不朽的功勋，在创造了巨大物质财富的同时，还给我们留下了宝贵的精神财富——铁人精神。他被评为"百年中国十大人物"，写入中华民族的光辉史册。

《做人民需要我做的事——著名地质学家李四光》

李四光是一位伟大的科学家，他一生从事地质学研究工作，足迹遍布祖国的山川，为祖国探明了许多地下宝藏；他创建了崭新的学说——地质力学；他历尽重重困难，为正确认识地质构造开辟了一条新路。

《中国化学工业的先驱——著名化学家侯德榜》

为摆脱纯碱需要进口的窘况，20世纪初，怀着"实业救国"梦想的中国化工先驱侯德榜等人创办了永利碱厂，并立志生产出中国人自己的碱。1926年，永利碱厂终于成功地生产出"红三角"牌纯碱，从此中国制碱业得以跨入世界先进行列。

《毕生求是 一丝不苟——著名科学家竺可桢》

著名科学家竺可桢献身科学研究；治学严谨，一丝不苟；一生廉洁，两袖清风；作风民主，爱护学生。他以爱国之心、报国之志，从一个民主主义者逐渐成长为一个共产主义战士。

《热爱自然的大地之子——著名植物学家蔡希陶》

蔡希陶，五十载风雨，五十载坎坷，五十载奋斗，五十载开拓，为了发现对人类生产、生活有用的植物及新物种的引进而做出巨大贡献，在中国的植物资源学史上将永远镌刻着他的名字。

《高洁无私的襟怀——知识分子的楷模蒋筑英》

蒋筑英是中国当代知识分子的先锋典范，他不为名，不为利，尊重科学；他以坚忍的毅力和顽强的作风，在科学的道路上呕心沥血，鞠躬尽瘁，无私地奉献了青春和生命。

《迎接新生命的天使——卓越的妇产科专家林巧稚》

林巧稚是国内外享有盛誉的妇产科专家。在五十多年的医学教育和临床实践中，林巧稚亲自接生了五万多婴儿，治愈了数千病人，培养了数以百计的专门人才，为我国的妇女儿童事业做出了不可磨灭的贡献。

《独自成千古 悠然寄一丘——国画大师张大千》

张大千是20世纪中国画坛最具传奇色彩的国画大师，无论是绘画、书法、篆刻、诗词无所不通。在艺术界深得敬仰和追捧，艺术家们用真挚的感情，用绘画和雕塑展现了"张大千"多彩的艺术形象。

《建造中国的通天塔——著名数学家华罗庚》

中国当代著名数学家华罗庚，为中国数学的发展做出了无与伦比的贡献，他是中国解析数论、典型群、矩阵几何等多方面研究的创始人与开拓者，也是我国最早将数学理论研究与生产实践紧密结合的科学家。

《问鼎长天　强我国威——两弹元勋邓稼先》

邓稼先是我国著名科学家，参加组织和领导我国核武器的研究、设计工作，从对原子弹、氢弹原理的突破和试验成功及其武器化，到新的核武器的重大原理突破和研制试验，作出了重大贡献。是我国核武器理论研究工作的奠基者之一，被誉为"两弹元勋"。

《敢叫天堑变通途——桥梁专家茅以升》

中国著名的桥梁专家茅以升从小立志为祖国建造桥梁，经过不懈努力，他不仅设计建造了一座座宏伟壮观、坚固实用的道路桥梁，而且搭建了一座座友谊之桥，为祖国建设作出了卓越贡献。

《蘑菇云之梦——核物理学家钱三强》

被誉为"中国原子弹之父"的核物理学家钱三强，更名后立志于科技报国；24岁投师于世界著名核物理学家居里夫妇；与夫人何泽慧合作，发现铀的"三分裂""四分裂"现象；统领我国的原子大军，做了大量创造性工作。

《两离桑梓地　满怀雪域情——领导干部的楷模孔繁森》

孔繁森，是一位一尘不染、两袖清风的好干部。两次进藏工作，历时十载，为西藏的建设、发展和稳定作出了突出的贡献。1994年11月，孔繁森不幸以身殉职。人民群众称他为新时期领导干部的楷模。

《摘取数学皇冠上的明珠——著名数学家陈景润》

陈景润是享誉世界的数学家，为了证明"哥德巴赫猜想"，他以惊人的毅力在数学领域里艰苦跋涉，终于攻克了世界著名数学难题"哥德巴赫猜想"中的"1＋2"，创造了中国乃至世界数学史上的辉煌。

《学术独步　饮誉四海——享有国际威望的科学家卢嘉锡》

卢嘉锡是一位在国际科学界享有崇高威望的物理化学家、化学教育家和科技组织领导者。1945年，卢嘉锡满怀"科学救国"的热忱回到祖国，对中国原子簇化学的发展起了重要推动作用，他所指导的新技术晶体材料科学研究，也取得了重大成绩。

《德艺双馨　梨园楷模——著名豫剧表演艺术家常香玉》

常香玉1941年赴陕甘演出。1948年在西安创办香玉剧社。1951年为支援抗美援朝，率剧社巡回西北、中南、华南各地演出，以演出收入捐献"香玉剧社号"战斗机一架，素有"爱国艺人"之誉。

《文学大师　激流勇进——著名作家巴金》

本书以巴金生平和主要事迹为线索，回顾和展示现代著名作家巴金的一生，以期让人们看到巴金在这风云变幻的100多年中，有过成功的欢欣，有过屈辱的磨难，有过痛苦的忏悔，有过平静的安宁。巴金的人生，映照着一代中国五四知识分子坎坷而不平凡的命运。

《壮心系科学　孜孜为国昌——理论化学家唐敖庆》

本书讲述了唐敖庆从出国求学、学业有成、回国任教，到服从安排、艰苦工作、刻苦钻研，最终成为中国量子化学奠基者的过程。让人们看到了这位著名化学家的赤心爱国、严谨治学、大公无私的崇高品格和科研上的卓越成就。

《中国导弹之父——著名科学家钱学森》

当第一颗原子弹升空的时候，当中国的人造卫星奏响《东方红》的时候，当中国运载火箭腾空而起的时候，当中国研制的导弹准确命中目标的时候，人们都会想起他的名字：中国导弹之父钱学森。

《中国近代力学的奠基人——著名科学家钱伟长》

钱伟长曾以中文和历史两个100分的成绩考入清华大学。九一八事变后，钱伟长毅然放弃了文科的学习而转为理科。他是中国近代力学、应用数学的奠基人之一，在固体力学、流体力学以及航空航天领域，取得了卓越的成就，为新中国的现代化建设付出了毕生的精力。

《中国光学科学的奠基人——著名科学家王大珩》

王大珩是我国著名的科学家，中国光学科学的奠基人。他先在清华就读，后赴英国求学，学业有成，立志科学救国，其成就享誉神州。他以科学的求是精神和赤诚的爱国情怀，探索着中国光学发展的闪光之路。